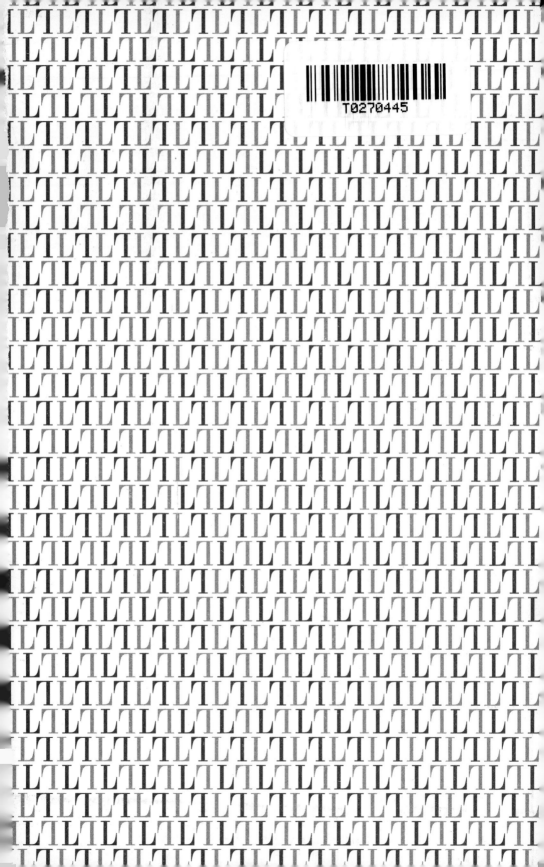

T0270445

El cuaderno de Nerina

El cuaderno de Nerina

Jhumpa Lahiri

Traducción del italiano de
Carlos Gumpert

Lumen

poesía

Penguin
Random House
Grupo Editorial

Título original: *Il quaderno di Nerina*

Primera edición: febrero de 2024

© 2021, Jhumpa Lahiri
All rights reserved
© 2021, Ugo Guanda Editore S.r.l., Via Gherardini, 10, Milán
Gruppo editoriale Mauri Spagnol
www.guanda.it
© 2024, Penguin Random House Grupo Editorial, S. A. U.
Travessera de Gràcia, 47-49. 08021 Barcelona
© 2024, Carlos Gumpert Melgosa, por la traducción

Printed in Spain – Impreso en España

ISBN: 978-84-264-2395-5
Depósito legal: B-20178-2023

Compuesto en M. I. Maquetación, S. L.
Impreso en Unigraf, S. L., Móstoles (Madrid)

H423955

El cuaderno de Nerina
(presentado por Jhumpa Lahiri
con la colaboración de Verne Maggio)

PRÓLOGO

Hace unos siete años me mudé a una casa romana en la que todavía sigo viviendo, si bien de forma esporádica. El piso ya estaba amueblado y una vez dentro preferí trasladar el antiguo escritorio que se hallaba en la sala de estar a la habitación que había elegido como estudio —originalmente un comedor—, colocándolo debajo de la ventana.

Es un mueble imponente con un tablero alto. Su amplia superficie consiste en un gran rectángulo de cuero enmarcado por un borde de madera. Una alfombra negra que me recuerda a un cuadro abstracto con el detalle disonante del estarcido de pan de oro que lo rodea. Con el paso de los años, la madera se ha aclarado y el cuero está ya picado y desgastado por el uso.

Debajo del tablero hay tres cajones de madera lacada, uno más ancho y dos más estrechos a cada lado. En lugar de pomos encontré solo cerraduras engastadas en planchas decorativas de hierro, trazas de una elaboración antigua ya poco de moda. Por desgracia, la placa del cajón central se ha desprendido quién sabe cuándo, por lo que lo único que se ve es un feo círculo, torpemente trazado, dentro del cual la cerradura, colocada al revés, asoma su cabeza como si fuera algo más reservada en comparación con sus vecinas.

Una llave encajada en la cerradura desnuda y maltrecha del centro abre los tres cajones. Cada uno de ellos está forrado de papel con motivos de lirios verdes florentinos. Estaba a punto de apropiarme del escritorio, es decir, de meter algunas de mis cosas ahí, cuando abrí los cajones y descubrí que esos hermosos espacios cerrados conservaban todavía, al fondo, algunos objetos*.

---

* Hice rápidamente una lista de estos artículos antes de devolvérselos a la dueña de la casa. Después de sacarlos los distribuí sobre el sofá y los fotografié. Quería recordarlos, no sé por qué.

9

Había unos sellos metidos en un sobre transparente (incluido uno franqueado y recortado del sobre con un dibujo de Filippo Tommaso Marinetti*, una llave verde, un pequeño diccionario griego-italiano publicado en 1962, broches, sacapuntas, una caja de fósforos llena de cuentas de plástico, una aguja para hacer ganchillo, dos botones, una concha, una tablilla para convertir liras en euros, la página «A» (en blanco) de una libreta alfabética, una detallada dieta para adelgazar escrita a mano por un médico, postales variadas que no llegaron a mandarse, unas cariñosas tarjetas regaladas por dos hermanos a sus padres, varias estampitas con oraciones y un cuaderno entero dedicado a notas sobre *El cuervo* de Poe, traducido del inglés por Vito Domenico Palumbo**.

Entre todos estos objetos había también dos fotos, ambas alegres. Una mostraba a ocho personas en una mesa —más o menos del mismo tamaño que el escritorio— mientras brindaban. La otra retrataba a tres mujeres de pie, sonriendo, frente a una ventana. Las tres se apoyaban levemente en el radiador*** montado debajo de la ventana a sus espaldas. La primera, que no miraba al objetivo, llevaba un reloj en la muñeca, un traje oscuro de fantasía floral y un collar de nácar. La del medio, con un vestido claro, apoyaba una mano lánguida en el brazo de la primera. Su rostro estaba iluminado por el sol, de modo que no se apreciaban bien ni su expresión ni lo que estaba mirando. La tercera mujer tenía un pañuelo en la cabeza y un par de gafas de sol en la mano. Tampoco ella miraba hacia el objetivo, sino en otra dirección. Estaban muy cerca, pegadas, y a pesar de que cada una miraba hacia un sitio diferente, pude percibir una cadena de afecto y de gran solidaridad entre ellas. Al otro lado de la ventana había árboles, entre ellos algunos pinos. Las tres mujeres estaban muy relajadas y la escena me pareció ambientada en un espléndido día de domingo, en verano, en algún lugar fresco, entre amigas, o quizá entre primas o hermanas.

* Filippo Tommaso Marinetti (1876-1944) nació en Alejandría (Egipto) y murió en Bellagio. Fundador del movimiento futurista, escribió sus primeros poemas en lengua francesa.

** Vito Domenico Palumbo (1854-1902), poeta y estudioso versátil y autodidacta. Dedicó gran parte de su vida al registro y estudio del patrimonio lingüístico y cultural de la Grecia Salentina. Nació y murió en Calimera (Apulia).

*** Un viejo calefactor, no se trata de un anglicismo. [En italiano, el término *radiatore* suena a instalación antigua y es menos empleado que el más habitual *termosifone*, de ahí que se piense en un posible anglicismo. *(N. del T.)*].

Por último, organizados y apilados en los cajones del escritorio, había cuadernos de distintos tipos y colores, incluyendo uno fucsia con el nombre «Nerina»* escrito a mano, con bolígrafo, en la portada. El «cuaderno de Nerina» estaba lleno de versos inéditos, y la caligrafía me pareció propia de una sola persona. El yo narrador de los poemas —una mujer casada, una madre, una hija— parecía tener tres almas. No fui capaz de comprender si Nerina era el nombre de la autora, o de una destinataria, o bien una musa, o simplemente el título otorgado al texto. En todo caso, no dejé de preguntarme si la mujer que aparecía entre las otras dos en la foto, con la expresión casi borrada por el sol, podría ser acaso ella.

Mi curiosidad se incrementó considerablemente cuando me enteré, en ese mismo año de 2012, de la existencia de otro cuaderno autógrafo, exactamente con el mismo título, en el archivo de Elsa Morante de la Biblioteca Nacional de Roma. Parece ser que la gran escritora romana tenía la intención de escribir una novela llamada *Nerina*, un proyecto que comenzó en 1950 y abandonó al cabo de algunos meses**. ¿Cabía la posibilidad de que la misteriosa mujer de la foto hubiera sido influenciada por la autora de *Mentira y sortilegio* y *La isla de Arturo*, que, entre otras cosas, se crio a un tiro de piedra de mi casa romana? ¿Tendría algo que ver, ese cuaderno manuscrito de Elsa Morante, con el otro guardado en el cajón? ¿Cómo glosar la sintonía de un título idéntico?

Después de leer varias veces el contenido del cuaderno descubierto en mi casa llegué a la conclusión de que aquel texto constituía un proyecto en sí mismo, que había de valorarse de forma autónoma, y que los posibles vínculos con Elsa Morante, por sugestivos que resultaran, hubieran supuesto seguir una pista falsa. Así que se lo entregué a Verne

---

* Nerina no tiene apellido. Su nombre proviene del latín *Nereina,* tomado del griego *Nereine,* es decir, una nereida, ninfa marina de la mitología griega. En Sicilia es el diminutivo del nombre *Venerina,* asociado al adjetivo «negra» según una tradición popular. Torquato Tasso, en 1573, otorga este nombre a uno de los personajes de *Aminta,* y Giacomo Leopardi la canta en las *Remembranzas* de 1829, figura inspirada al parecer en Teresa Fattorini o Maria Belardinelli, ambas fallecidas a temprana edad. Acerca de Leopardi, véase la p. 259 del texto. Hay que señalar también que Neera era el seudónimo de la escritora Anna Maria Zuccari (1846-1918), cuyas numerosas obras abordan la vida y la posición social de la mujer.

** Todavía en 1952, en un suelto de *L'Unità,* Elsa Morante hablaba de su deseo de escribir una novela titulada *Nerina,* cuyos protagonistas, Andreuccio y Giuditta, acabaron al final incorporados en el largo relato *El chal andaluz,* publicado por primera vez en la revista *Botteghe Oscure* en 1953.

Maggio, una persona a la que conozco bien y que está especializada, como estudiosa, en poesía italiana, para que estableciera una edición crítica comentada bajo mi supervisión. Algunas observaciones generales de Verne se incluyen a continuación. En cuanto a sus notas a los poemas, por el contrario, se ha preferido reunirlas al final del volumen.

JHUMPA LAHIRI
Roma, a 13 de agosto de 2019

HIPÓTESIS PARA UNA CRONOHISTORIA

La impresión que nos da esta obra es que Nerina es una autora que vivió a caballo entre los siglos XX y XXI, en Roma sin duda alguna, pero cuya lengua materna no es el italiano, pues los poemas están llenos de deslices léxicos inconcebibles para un italiano monolingüe. Los textos de esta colección muestran claramente que Nerina viajó a Calcuta, pasando probablemente allí largos períodos de su infancia, mientras que de adulta visitó Grecia, Cerdeña y el desierto en las proximidades del mar Muerto. Vagó por una serie de ciudades italianas, entre las que se cuentan Nápoles, Venecia, Bolonia y Siena. Vivió durante una parte de su vida por lo menos en Estados Unidos, con estancias en Boston y Brooklyn. La toponimia que se repite en los textos sugiere una residencia permanente en Trastévere, el distrito trece de Roma. Tiene al menos una hermana, tal vez una de las mujeres en la foto, y habla un idioma distinto al italiano y al que emplea con su familia de origen. ¿Cuál? ¿Persa? ¿Portugués? ¿Bengalí? Es difícil decirlo con certeza.

También la madre de Nerina era poeta, mientras que el abuelo y el tío mencionados en el texto eran pintores. La propia Nerina tiende a identificarse como ama de casa y escritora al mismo tiempo, además de como extranjera. Un fuerte vínculo biográfico con el mar emerge de sus poemas, que también nos devuelven la imagen de una mujer amante de los bares, especialmente el Bar Glorioso*. No resulta difícil presuponer, a partir de las memorias textuales que constelan la recopilación, que su formación incluye estudios clásicos y una activa lectura de Yates, Dante y Ariosto. Su relación con el léxico es visceral: es probable que haya estudiado más de un idioma extranjero, además de italiano e inglés, así como, casi sin duda alguna, filología. Resultan evidentes sus estudios sobre el poeta portugués Alberto de Lacerda, claramente recordado en una composición. Es casi imposible determinar, pese a que hayamos cruzado los

---

* Café romano sito en Viale Glorioso, cerca de la escalinata de Trastévere que conduce a via Dandolo. La autora, aunque refleje a menudo su asombro ante el contexto romano descrito en los versos, está obviamente familiarizada con el vecindario.

datos con la biografía del artista lusitano, si este contacto tuvo lugar en Boston o Londres. Entre los edificios que aparecen en los poemas, además de las distintas casas de Nerina, se cuentan una serie de aeropuertos y hospitales. Entre las celebraciones se repiten con frecuencia fiestas, convites familiares y cumpleaños, no pocas veces anunciadores de angustias. No es este el lugar adecuado para una lectura psicoanalítica de sus versos y, sin embargo, como editora, no puedo dejar de notar una insistente preocupación por los significados de los sueños y de los presagios.

El marido de Nerina también se llama Alberto y la pareja parece haber tenido dos hijos: Octavio y Noor. Ambos deben haberse criado, por lo menos en parte, en Italia, a pesar de que sus nombres sugieran lo contrario. El del hijo, aunque arraigado en la onomástica latina imperial, tal vez tenga algo que ver con Octavio Paz.

Noor podría ser en cambio una variante del nombre de la propia autora, Nerina. En todo caso, el vocablo, de origen persa, significa «luz».

NOTA AL TEXTO

El cuaderno es un Monocromo Pigna «Made in Italy» de cuadros, medidas 15 x 20,3 cm, de 80 páginas. El envés de la primera página contiene una lista de tres palabras: *peripecias, parloteos, perecedero**, hipótesis de títulos tal vez. Los poemas suelen estar casi siempre escritos a mano en tinta azul o negra y, por lo general, están separados por un asterismo. La tinta azul parece la de una pluma estilográfica. Algunos poemas esbozados en azul se revisan más tarde y se modifican en negro y viceversa: por lo tanto, no es posible establecer una cronología precisa de las fases correctoras a partir de las dos diferentes tintas. La mano, sin embargo, es la misma. Todos los poemas muestran numerosas eliminaciones y correcciones autógrafas. Las variantes se sobrescriben a veces en un margen, casi siempre a la izquierda, de abajo hacia arriba. Hay varias flechas, y algunos versos o títulos están gráficamente enmarcados, es decir, resaltados a mano. La interpretación de estos signos, según una diligente filología de autor, ha llevado a establecer los textos de esta edición unitestimonial, que han de considerarse *ne varietur*. La datación autógrafa de los poemas, pese a ofrecer datos útiles para establecer el orden de las composiciones, da cierta impresión de discontinuidad: en ocasiones, la indicación cronológica aparece al comienzo del texto, pero varios poemas carecen de ella. De cualquier modo, la primera fecha que aparece es el 22 de noviembre, la última, el 2 de marzo. Todos los poemas del cuaderno, en todo caso, parecen haber sido escritos en el curso de un año, tal vez menos, siguiendo una introspectiva trayectoria de diario de compacta producción. En la página opuesta al poema del 10 de enero se in-

---

* Quizá esté activo aquí el recuerdo de estos versos de Eugenio Montale:

> *Puesto que la vida huye*
> *y quien trata de echarla hacia atrás*
> *regresa al ovillo primordial,*
> *¿dónde podremos esconder, si intentamos,*
> *con rudimentos o algo peor, sobrevivir,*
> *los objetos que nos parecían*
> *no perecedera parte de nosotros mismos?*

cluye un recorte de periódico con la foto de tres bomberos a bordo de un bote de salvamento en el Tíber*. La composición que cierra la recopilación, escrita a lápiz, se encuentra en el envés de la contracubierta. La última hoja a cuadros contiene en cambio una segunda lista, con estos nombres: Sereni, Caproni, Fortini, Giudici, Zanzotto, Dario Villa, Rosselli, Pavese, Bassani.

Es necesario aclarar al lector que la estructura de esta edición es el resultado de mi propia organización del manuscrito. El orden originario de los poemas en el cuaderno es bastante distinto a la versión preparada por mí para su publicación. Tras leer, estudiar y transcribir el texto, me he atrevido a agrupar los poemas en diferentes secciones, dándoles incluso un título. Las secciones corresponden a mis reflexiones acerca de ciertas claves temáticas que considero útiles para la apreciación de esta obra. Tratándose de una interpretación crítico-filológica por mi parte, espero no haber distorsionado en exceso las intenciones de la autora.

Dra. VERNE MAGGIO PhD
Bryn Mawr, Pensilvania, a 4 de febrero de 2020

* Véase p. 65.

EL CUADERNO DE NERINA

IL QUADERNO DI NERINA

DAVANZALE

ALFÉIZAR

Appoggiare il mazzo
di chiavi senza
le quali normalmente
non potrei vivere

sul davanzale bianco
freddo che dà su un cortile quieto, londinese
insieme a tante altre finestre.
Vederle giacere senza
senso la mattina, quando mi vesto.
Trascurare, anche custodire
quell'incastro sparpagliato di metallo.

Libere per un tempo anche le chiavi
dal mio andirivieni abituale
e dalla fatica
di aprire e chiudere le solite stanze.

Dejar el manojo
de llaves sin
las que normalmente
yo no podría vivir

en el alféizar blanco
frío con vistas a un patio tranquilo, londinense[1]
junto con muchas otras ventanas.
Verlas yacer sin
sentido por la mañana, cuando me visto.
Descuidar, custodiar a la vez
ese encaje diseminado de metal.

Libres durante un rato también las llaves
de mis idas y venidas habituales
y del esfuerzo
de abrir y cerrar las habitaciones de siempre.

EVOCAZIONI

EVOCACIONES

SPARIZIONI

I.

Sabato mattina al mercato di Pimlico
l'anello nero di Noor selezionato
sotto la chiesa rupestre di Matera
si sfila dal dito.
Restano indietro
lei, Lorenza e Sebastiano
a cercarlo sui marciapiedi
immacolati.
Rientrano amareggiati
col passeggino carico di spese
a raccontarci la sventura.
Lutto momentaneo:
è stato ritrovato da Alberto
tra le verdure da cuocere
in una delle buste trasparenti.

Così spunta un giorno, nel soggiorno romano
un mio astuccio d'oro in cui tengo
le matite e il caricatore da portare in giro.
Temevo di averlo lasciato
in biblioteca sul tavolo di vetro
su cui lavoravo.
Niente di prezioso
a parte il ricordo di quell'oggetto
regalato da Caterina a Bologna
in un negozio confuso.

Sono cose che si celano
per un motivo o l'altro, che sfuggono
per un certo periodo,
spostandosi nella stessa stanza,
tormentandoci. Cose
peregrine, spinte

DESAPARICIONES

I

Mañana de sábado en el mercado de Pimlico
el anillo negro de Noor seleccionado
bajo la iglesia[2] rupestre de Matera
se le cae del dedo.
Atrás quedan
ella, Lorenza y Sebastiano
buscándolo en las aceras
inmaculadas.
Regresan amargados
con el cochecito cargado de compras
para contarnos la desventura.
Duelo momentáneo:
fue Alberto quien lo encontró.
entre las verduras del guiso
en una de las bolsas transparentes.

Así aparece un día, en el salón romano
un estuche de oro mío en el que guardo
los lápices y el cargador que llevo encima.
Temía habérmelo dejado
en la biblioteca sobre la mesa de cristal
en la que trabajaba.
No es que fuera precioso
aparte del recuerdo de ese objeto
que me regaló Caterina en Bolonia
en una confusa tienda.

Son cosas que se ocultan
por una u otra razón, que nos rehúyen
durante un cierto período,
desplazándose en la misma habitación,
atormentándonos. Cosas
peregrinas, empujadas

come foglie cadute
o la sabbia dal vento.
Movimento casuale o malefico?

Esempio acuto:
il mese in cui ho assemblato
per i tredici anni di Noor
non sta più appoggiato contro
i libri in camera sua.
Via la poesia frivola
composta in testa in piscina
(né diamante né perla
più preziosa di te figliola mia).

Una sera mi accorgo dell'assenza
dopodiché dare la buona notte a mia figlia
diventa una prova.
Fisso solo lo scaffale dove abitava
chiedendomi mille volte dov'era.
La mattina dopo lei va a scuola
voglio smontare tutta la stanza,
infilarmi dentro le pareti, sotto i tappeti.
Inserisco le dita nello spazio
stretto e scomodo
specie di cofanetto
attorno alla porta scorrevole
una delle infinite sedi infernali
che avrebbe potuto divorare
quel pezzo di carta.

La vera tragedia
dopo aver chiesto alla signora
polacca delle pulizie
e ad Alberto di cercare
dopo aver aperto e chiuso ogni suo libro
scorrendo e scuotendoli
dopo aver escluso l'ipotesi del ladro
e anche del diavolo è temere
che mia figlia abbia distrutto
o buttato via quel segno d'affetto
senza dirmelo.

26

como hojas caídas
o la arena por el viento.
¿Movimiento casual o maléfico?

Ejemplo afilado:
el mes en el que ensamblé[3]
para los trece años de Noor
ya no está apoyado contra
los libros en su habitación[4].
Adiós a la poesía frívola
compuesta mentalmente en la piscina
(no hay diamante ni perla
más preciosa que tú, hija mía).

Una tarde me percato de la ausencia
tras lo cual darle las buenas noches a mi hija
se convierte en una prueba.
No dejo de mirar el estante donde vivía
preguntándome mil veces dónde estaba.
A la mañana siguiente ella va al colegio,
quiero desmantelar la habitación entera,
deslizarme dentro de las paredes, debajo de las alfombras.
Inserto mis dedos en el espacio
estrecho e incómodo
una especie de cofrecillo
alrededor de la puerta corredera
una de las infinitas sedes infernales
que podría haber devorado
ese pedazo de papel.

La verdadera tragedia
después de pedirle a la señora
polaca de la limpieza
y a Alberto que buscaran
después de abrir y cerrar cada uno de sus libros
deslizándolos y sacudiéndolos
tras excluir la hipótesis del ladrón
y también la del diablo es temer
que mi hija haya roto
o tirado esa muestra de cariño
sin decírmelo.

Ricordo di essere in lacrime
in macchina paralizzata
incapace un venerdì pomeriggio
di fare la spesa.

Aspetto parecchio
prima di desistere.
Poi un giorno rientrando a casa
Noor mi saluta sotto il portico
dietro gli iris alti quanto lei
e dice guarda che c'è
sulla tua scrivania.
Era tornato come un gatto
dopo un girovagare notturno
con la bocca insanguinata.
Ma in realtà stava sempre lassù
nel regno scompigliato
di mia figlia messo da parte
da lei stessa, sbadata.
Appena ritrovato l'aveva portato giù
nel mio studio appoggiandolo
sulla superficie di legno chiaro
dove lo scorso novembre
ero presa dai miei ritagli.

Come festeggiare la ricomparsa?
Nessun sollievo,
anzi, ho capito in un lampo
di non aver mai regalato
quell'oggetto veramente
a mia figlia.
Anche lei lo sapeva
perciò quel gesto
maturo al rovescio:
pensiero materno
di cui avevo bisogno io.

II.

Ma torniamo alle prime perdite,
entrambe vicende

28

Me recuerdo entre lágrimas
paralizada en el coche
incapaz un viernes por la tarde
de hacer la compra.

Espero bastante
antes de desistir.
Luego un día volviendo a casa
Noor me saluda en el porche
detrás de los lirios tan altos como ella
y dice *mira lo que estaba*
en tu escritorio.
Había vuelto como un gato
después de un vagabundeo nocturno
con la boca ensangrentada.
Siempre estuvo, a decir verdad, ahí arriba
en el reino en desorden
de mi hija, guardado
por ella misma, tan descuidada.
Tan pronto como lo encontró, lo bajó
a mi estudio dejándolo
sobre la superficie de madera clara
donde el pasado noviembre
estaba absorta con mis recortes[5].

¿Cómo celebrar la reaparición?
Sin alivio,
al contrario, entendí en un instante
que nunca le había regalado
realmente ese objeto
a mi hija.
Lo sabía ella también
de ahí ese gesto
maduro al revés:
pensamiento maternal
que era a mí a quien hacía falta.

II

Pero volvamos a las primeras pérdidas,
acontecimientos ambos

al di là della memoria,
due scene che riguardano
la mia infanzia.

La prima in treno:
bambola inglese con cui giocavo contenta
attraversando l'India da Bombay a Calcutta
in luglio a due anni, accaldata, mezza nuda.
Ero andata con mia madre che stava tornando
euforica alla sua città per la prima volta.
Fermate in qualche stazione, secondo lei,
ho visto una bambina sul binario – chi era? c'era?
e all'improvviso ho allungato la bambola tra le sbarre
del finestrino verso quell'amica estranea.
E lei, felicissima, l'ha tenuta.
Qui mi soffermo. Ero tranquilla, decisa come
     Lila?
Oppure sconsolata quando il treno è ripartito?
Che cosa mi fa inceppare ancora?
La bambola regalata inconsciamente,
o il mio rifiuto di possederla?

La seconda vicenda sempre in viaggio,
in partenza, in arrivo per Calcutta.
Altro anello d'oro sfilato dal dito
all'aeroporto di Boston, 1972.
Anno annerito, scena raccontata
migliaia di volte da mia madre
innestata nella memoria,
episodio palinsesto inciso dall'ascolto:
la ricerca accanita dello sventurato
addornamento, amici che guardavano
in vano sotto le poltrone e fra le valige
in quell'ambiente apolide.
Com'era la mia mano a cinque anni?
L'episodio è diventato il prologo
alla perdita inaspettata
del mio nonno materno
che ci aspettava incorniciato
e appeso alla parete.

más allá de la memoria,
dos escenas que atañen
a mi infancia.

La primera en tren:
muñeca inglesa con la que jugaba contenta
cruzando la India desde Bombay hasta Calcuta[6]
en julio con dos años, acalorada, medio desnuda.
Había ido con mi madre que volvía
eufórica a su ciudad por primera vez.
Paradas en alguna estación, según ella,
vi a una niña en el andén —¿quién era? ¿estaba allí?—
y de pronto estiré la muñeca entre las barras
de la ventanilla hacia esa amiga ajena.
Y ella, muy contenta, se la quedó.
Aquí me detengo. ¿Me sentí tranquila, decidida como
     Lila?[7]
¿O desconsolada cuando arrancó de nuevo el tren?
¿Qué me hace atascarme una vez más?
¿La muñeca regalada inconscientemente,
o mi negativa a poseerla?

El segundo episodio también ocurre de viaje,
partiendo, llegando a Calcuta.
Otro anillo de oro caído del dedo
en el aeropuerto de Boston, 1972.
Año ennegrecido, escena contada
miles de veces por mi madre
injertada en la memoria,
episodio palimpsesto grabado al ser oído:
la búsqueda incesante del desventurado
addorno[8], amigos que miran
envano[9] bajo los sillones y entre
los maletos[10] en ese ambiente apátrida.
¿Cómo era mi mano a los cinco años?
Episodio convertido en prólogo
de la pérdida inesperada
de mi abuelo materno
que nos esperaba enmarcado
y colgado en la pared.

Non ricordo di aver seguito
mia madre che non stava nella pelle,
che correva fino al terzo piano
sentendosi di nuovo figlia,
ancora ignara, si è fermata un secondo
per togliersi le scarpe.
L'aspettavano i tre fratelli calvi
già dieci giorni dopo i funerali,
mia nonna ancora donna, sui quaranta,
vestita di bianco.
Scena madre silenziosa.
Nella sua interpretazione
è stata la scomparsa dell'oro
all'aeroporto
a pronosticare la tragedia,
scomparsa che (com)porta sfortuna nella sua
       testa.
In ogni versione quindi sono rimasta
il punto focale della sciagura
benché mio nonno in quel momento
disgraziato se n'era già andato.

III.

La foto dell'attore in bianco e nero
è stato un furto a casa dei miei,
nella stanza nella quale si svolgeva tutto.
Avevo portato una domenica per la prima volta
un mio fidanzato.
Pagine sparpagliate del giornale,
atmosfera nervosa.
Sfogliando il supplemento domenicale
pensavo di strappare l'immagine
di un uomo bellissimo adorato
da adolescente, seduto seducente in un angolo.
Ma prima di spostarci a tavola
la pagina non c'era.
Quanto ci ho messo per accertare,
per fregare ogni foglio tra le dita?
Alla mia domanda – ma dov'è andata?

No recuerdo haber seguido
a mi madre que no cabía en sí de gozo,
que corría hasta el tercer piso
sintiéndose otra vez hija,
todavía inconsciente, se detuvo un segundo.
para quitarse los zapatos.
Sus tres hermanos calvos la estaban esperando
ya diez días después del entierro,
mi abuela todavía mujer, de unos cuarenta,
vestida de blanco.
Escena madre silenciosa.
En su interpretación
fue la pérdida del oro
en el aeropuerto
lo que predijo la tragedia,
pérdida que (con)lleva mala suerte en su
      cabeza.
En cada versión quedé pues
cual punto focal del desastre
por más que mi abuelo en ese momento
desgraciado ya se nos hubiera ido.

III

La foto del actor en blanco y negro.
fue un robo en casa de mis padres,
en la habitación en la que ocurría todo.
Yo había llevado por primera vez un domingo
a un novio mío.
Páginas dispersas del periódico,
atmósfera nerviosa.
Hojeando el suplemento dominical
pensaba en arrancar la foto
de un hombre guapísimo adorado
de adolescente, sentado seductor en un rincón.
Pero antes de que pasáramos a la mesa
la página no estaba allí.
¿Cuánto tiempo me llevó comprobarlo[11],
distraída con cada hoja entre los dedos?
A mi pregunta —pero ¿dónde está?—

– nessuno ha risposto, nemmeno proposto
un'ipotesi.
Capisci in una situazione del genere
il terrore della solitudine.
Abbiamo pranzato,
abbiamo svicolato,
mia madre aveva cucinato troppo.
Solo io intenzionata
a indagare il mistero
per conto mio fino in fondo.
In biblioteca quindi, a Boston,
un sabato pomeriggio assolato
dopo il consiglio di un mio amico poeta
l'unico ad ascoltarmi
sono scesa a scorrere la versione archiviata
della rivista, per dimostrare a me stessa
di non essere fuori di testa.
Niente stupore arrivare all'attore
che permaneva su microfilm,
solo la lucidità di non essere stata amata.
Dopo la rottura definitiva
mi è arrivata per posta la pagina
piegata in quattro, senza nota,
strappata con una precisione sbalorditiva,
come se lui ritiratosi un attimo in bagno
avesse avuto un bisturi in tasca.

IV.

Già raccontato con esito tragico
dei bracciali dimenticati a giugno
nella vaschetta a Fiumicino
prima di imbarcarsi.
In realtà è andata a buon fine
perciò credo in Roma:
gioielli ricuperati dalla bolgia,
spediti da un impiegato a Milano e riportati
con cura dalla mia prima traduttrice,
italiana, lei che mi rendeva italiana,
in un marsupio attorno alla vita
mentre io ero incinta di mia figlia.

no contestó nadie, ni una hipótesis
siquiera se propuso.
Entiendes en situaciones como esa
el terror de la soledad.
Comimos,
nos escabullimos,
mi madre había cocinado demasiado.
Solo yo determinada
a indagar en el misterio
por mi cuenta hasta el final.
En la biblioteca entonces, en Boston,
en una soleada tarde de sábado
siguiendo el consejo de un poeta amigo mío
el único que me escuchaba
fui a revisar la versión archivada
de la revista, para probarme a mí misma
que no había perdido la cabeza.
No hubo estupor al llegar al actor
que permanecía en el microfilm,
solo la lucidez de no haber sido amada.
Después de la ruptura definitiva
recibí la página por correo,
doblada en cuatro, sin nota,
desgarrada con pasmosa precisión,
como si él, tras entrar un momento en el baño,
hubiera tenido un bisturí en el bolsillo.

IV

Ya he hablado con trágico desenlace
de las pulseras olvidadas en junio
en la bandeja de Fiumicino
antes de embarcarnos.
En realidad, todo acabó bien
por eso creo en Roma:
joyas recuperadas del guirigay,
enviadas por un empleado a Milán y traídas de regreso
con mimo por mi primera traductora
italiana, la que me volvía italiana[12],
en una riñonera atada a la cintura
estando yo embarazada de mi hija.

Della moneta senese
che abitava in un cassetto dietro le spalle
nello studio romano
preferisco non riparlare,
né del diamante
che ho regalato ai traslocatori
invitati alla casa di Brooklyn un sabato mattina
per portare giù un'altra scrivania più una libreria
dalla camera da letto al pianoterra,
sforzo proibito per Alberto
appena dimesso con l'impianto nel braccio:
accesso venoso in prossimità del cuore,
somministrazione di flebo complicatissima
tre volte al giorno,
pezzo duro tra di noi.

Lasciamo stare allora il rubino
dell'anello di fidanzamento
rapito dai golfini di mia madre,
cavato dai tentacoli di lana
mentre sistemavo il suo armadio,
anche l'orecchino tondo (uno solo)
caduto nel supermercato
a causa della maglia infilata per il gelo.
Altro orecchino con pietra verde rasserenante
l'ho perso credo su Viale Trastevere
mentre Francesca sistemava i miei capelli
    incastrati
sotto la catenella degli occhiali, gesto intimo tra
    amiche.
Ogni volta torna indietro, quanto patisco
l'attimo in cui i gioielli si staccano
dal corpo.
Guardo il pavimento scolorito.
in attesa di qualche scintilla.

De la moneda de Siena
que vivía en un cajón a mis espaldas
en el despacho romano
prefiero no volver a hablar
ni del diamante
que le regalé a los de la mudanza
que vinieron a la casa de Brooklyn una mañana de sábado
para bajar otro escritorio y una estantería
desde el dormitorio a la planta baja,
esfuerzo prohibido para Alberto
recién dado de alta con el implante en el brazo:
acceso venoso próximo al corazón,
suministro muy complicado por gotero
tres veces al día,
trago duro entre nosotros.

Dejemos pues en paz el rubí
del anillo de compromiso
secuestrado por los suéteres de mi madre,
extraído por los tentáculos de lana
mientras ordenaba su armario,
también el pendiente redondo (uno solo)
caído en el supermercado
a causa del jersey que me puse por la helada.
Otro pendiente con piedra verde apaciguadora
creo haberlo perdido en Viale Trastevere
mientras Francesca me arreglaba el pelo
    enganchado
en la cadenilla de las gafas, gesto íntimo entre
    amigas.
Cada vez que vuelve[13] atrás, cuánto me toca sufrir
el instante en que se desprenden las joyas
del cuerpo.
Miro el piso descolorido
a la espera de algún destello[14].

Giù per le scale
emozionata
con quattro o cinque coltelli
in mano.

Trafelata dietro la macchina
che passa sotto casa
e diffonde dall'altoparlante
un annuncio registrato
chissà quando.

Donne, è arrivato l'arrotino.
Arrota coltelli, forbici, forbicine
forbici da seta, coltelli da prosciutto.
Ripariamo cucine a gasse...

Chi guida, scontroso,
parla un altro italiano.
Occhi chiari, baffi,
viso scuro e solcato,
aspetto beduino.

Mi vede, casalinga
straniera ammaliata
da quel canto leggendario,
soddisfatta di averlo beccato.

Spiego di aver lasciato
il portafoglio in casa,
chiedo il prezzo.
Lui non risponde,
Piglia tutto poi aggiunge,
dipende.

Bajando por las escaleras
emocionada
con cuatro o cinco cuchillos
en la mano.

Sin aliento detrás del coche
que pasa por debajo de casa
y difunde por el altavoz
un anuncio grabado
quién sabe cuándo.

Señoras, ha llegado el afilador.
Afila cuchillos, tijeras, tijeritas
tijeras de seda, cuchillos jamoneros.
Reparamos cocinas de gasss...

Quien conduce, huraño,
habla otro italiano.
Ojos claros, bigote,
rostro oscuro y surcado,
aspecto beduino.

Me ve, ama de casa
extranjera hechizada
por ese canto legendario,
satisfecha de haberlo pillado.

Le explico que me he dejado
la billetera en casa,
pregunto por el precio.
Él no contesta,
lo recoge todo y añade luego:
depende.

Torno su
per i soldi
mentre lui accende
la ruota elettrica
sistemata nell'auto
e fa la molatura
stridula.

Di una banconota
da cinquanta
quel ciarlatano
non dà resto.
Restituisce le lame
che grondano
una sostanza nera
consigliandomi
farfugliante
di andare piano.

Ti ha tagliato la gola
un modo per dire
sei stata fregata
nella mia famiglia.

Vuelvo a subir
a por el dinero
mientras él enciende
la rueda eléctrica
colocada en el coche
y hace la amoladura
estridente.

De un billete
de cincuenta
aquel charlatán
no me da el cambio.
Devuelve las cuchillas
que gotean
una sustancia negra
aconsejándome
balbuceante
que tenga cuidado.

Te ha rebanado la garganta
una forma de decir
te la han jugado
en mi familia.

Sogno di trovarmi con uno
che mi ama recondito:
non ci dovrei stare,
un peccato andare.
E mentre mi affretto
mi accorgo sia davanti che dietro
al letto delle grafie alle pareti:
filo spinato sfumato, ingrandito
disegnato a carbone.

Sueño con reunirme con alguien
que me ama recóndito:
no debería estar allí
es un pecado acudir.
Y mientras me apresuro
me percato tanto delante como detrás
de la cama de algo escrito en las paredes:
alambre de púas desvaído, agrandado
dibujado a carboncillo.

Dialogo col pescivendolo zoppicante
col passo laterale
che mi taglia due trance spesse
e aggiunge il prezzemolo:
«Basta fanciulla?»
Appena ribadisco cambia il registro:
«Undici, Signora» –
e io infreddolita
tra le pozzanghere, le
creature mute contro il ghiaccio
festeggio in un secondo
tutti gli anni che finora
ho compiuto.

Dialogo con el pescadero renqueante
con el paso lateral
que me corta dos rodajas[15] gruesas
y añade el perejil:
«¿Algo más, muchacha?».
En cuanto replico, cambia de registro:
«Once, señora» —
y yo aterida
entre los charcos, las
criaturas mudas contra el hielo
celebro en un segundo
todos los años que hasta ahora
he cumplido.

Una donna
in convalescenza in estate
rientrata a casa operata
qualche giorno prima
pensa alle cime degli alberi
e delle cupole che vedeva
attraverso la finestra
della clinica dove
sullo schermo enorme
vedeva anche dei tubi
introdotti all'inguine
per raggiungere il cuore.

Una mujer
convaleciente en verano
de vuelta a casa tras ser operada
unos días antes
piensa en las cimas de los árboles
y de las cúpulas que veía
a través de la ventana
de la clínica donde
en una pantalla enorme
veía también unos tubos
introducidos en la ingle
para llegar al corazón.

Ad Alberto de Lacerda

Caro Alberto credo
ti sarebbe piaciuta
la carta liscia e neutra
color sabbia
in cui è stato impacchettato
il tuo ritratto in bianco e nero.

Il corniciaio trasteverino
ha interrotto un altro lavoro
per accogliermi,
per selezionarti fra i tuoi vicini,
una sfilza di quadri più grandi
che probabilmente odiavi.

Ha tagliato un pezzo dal rotolo
in mezzo al tavolo,
ha piegato e chiuso, attento,
per proteggere la lastra di vetro
misurata su una tua foto;
mi ha chiesto quindici euro.

Ti sei trasformato in regalo
piatto e rigido, sobrio
destinato senza essere indirizzato
ad arrivare nel mio studio.
Tu che non sopportavi il mondo fragoroso,
tutto il superfluo.

Qui nel silenzio fulgido vedrai
il cielo romano cangiante
esteso tutto il tempo.
Ti ho appeso di fianco alla
libreria zeppa di volumi
verticali e orizzontali.

A Alberto de Lacerda[16]

Querido Alberto creo
que te habría gustado
el papel liso y neutro
color arena
con el que han envuelto
tu retrato en blanco y negro.

El enmarcador de Trastévere
interrumpió otro trabajo
para recibirme,
para seleccionarte entre tus vecinos,
una sarta de cuadros más grandes
que probablemente odiabas.

Cortó un trozo del rollo
en medio de la mesa,
dobló y pegó, con cuidado,
para proteger la plancha de cristal
medida sobre una foto tuya;
me pidió quince euros.

Te has transformado en regalo
plano y rígido, sobrio
destinado sin llevar dirección
a llegar a mi despacho.
Tú que no soportabas el mundo fragoroso,
todo lo superfluo.

Aquí en el silencio refulgente verás
el tornasolado cielo romano
desplegado todo el rato.
Te he colgado junto a la
estantería repleta de volúmenes
verticales y horizontales.

Non sorridi, non dimostri lo sguardo
di un ospite a suo agio.
Sei neutro quanto la carta del pacchetto,
le spoglie ormai, immacolate
che mi dispiace buttare via.

No sonríes, no demuestras la mirada
de un huésped a sus anchas.
Eres tan neutral como el papel de envolver,
despojos ya, inmaculados
que tanta pena me da tirar.

Perché persino
oggi mi emoziona
trascinare il dito
contro il vetro appannato?
Perché quel graffito
temporaneo sembra ancora
uno scritto proibito?
Sarà il piacere di deturpare il vago?
Segnare lo specchio umido?
Scarabocchio scivoloso
che intacca e chiarisce
allo stesso tempo.
Facevo faccine
sorridenti, cuori sbilenchi,
ghirigori giovanili,
scorci sinuosi
che precisavano, in parte,
cosa c'era fuori.
Traccia fantasma
priva d'inchiostro. Prova
che da bambina
ero indisciplinata anch'io.

¿Por qué incluso
hoy me emociona
arrastrar el dedo
contra el cristal empañado?
¿Por qué ese grafito
temporal parece todavía
un mensaje prohibido?
¿Será el placer de desfigurar lo vago?
¿De marcar el espejo húmedo?
Pintarrajo resbaladizo
que mancilla y aclara
al mismo tiempo.
Trazaba yo caritas
sonrientes, corazones torcidos,
garabatos juveniles,
vislumbres sinuosos
que precisaban, en parte,
lo que había por ahí.
Pista fantasma
carente de tinta. Prueba
de que de niña
yo también era indisciplinada.

Lungo Via Mazzini
mattinata tagliente
studenti che entrano o aspettano
davanti al cancello di un liceo scientifico.

Sul tram un ventenne
cappello consunto di lana
seduto con telefono, schermo acceso.
Membro tacito anch'io della conversazione,
solo che seguo solo
lui, che porta gli auricolari.
Ripresa sfocata, leggermente grigiastra.
Parla con la moglie preoccupata
e la figlia, chiede, crede
di non essere capito
«che c'è? che c'è?» nella lingua che
    condividiamo.
Chiacchierata dilungata piena di consigli,
osservazioni banali da coppia anche a distanza,
non manca qualche rimprovero.
Mi metto di spalle
temo di fare parte anch'io dello sfondo.
Superiamo il foro e costeggiamo il Colosseo.
Chi avrebbe detto che lui fosse già padre, marito.
«Domani non devo lavorare» dice felice prima
di scendere su Marmorata.
Lei muta, ignorante della gente tutt'attorno
e della tarda mattinata romana
in una stanza disordinata
davanti al bucato.

Recorriendo Via Mazzini
acerada mañana
estudiantes que entran o esperan
frente a la verja de un instituto de secundaria.

En el tranvía un veinteañero
sombrero de lana desgastado
sentado con el teléfono, pantalla encendida.
Miembro tácito yo también de la conversación,
solo que le sigo solo
a él, que lleva auriculares.
Imagen borrosa, ligeramente grisácea.
Habla con su mujer preocupada
y su hija, pregunta, cree
que no se le entiende
«¿qué pasa? ¿qué pasa?» en el idioma que
    compartimos[17].
Charla demorada, repleta de consejos,
observaciones banales en pareja incluso a distancia,
no faltan algunos reproches.
Me doy la vuelta
temo formar parte yo también del trasfondo.
Pasamos el foro y bordeamos el Coliseo.
Quién hubiera pensado que era ya padre, marido.
«No tengo que trabajar mañana», dice feliz antes
de bajarse en Marmorata.
Ella muda, desentendida de la gente alrededor
y de la tardía mañana romana
en una habitación desordenada
frente a la colada.

A letto una notte burrascosa
se passa una macchina sotto casa
entrano le ombre proiettate
dalle sbarre della finestra
che mi separa dal cielo.
Vedo un blocco di caselle
che spuntano una dopo l'altra,
amalgama fra fari pioggia e struttura.
Si trascinano in alto
sagome oblique
che passano in fretta
ingrandite e assottigliate appena gettate
ognuna, inerpicandosi, piegata su se stessa.
Mirano sempre all'angolo sgattaiolando
sopra l'armadio, verso un punto inaccessibile
in cui assentarsi.

En la cama una noche borrascosa
si un coche pasa por debajo de casa
entran las sombras proyectadas
por las rejas de la ventana
que me separa del cielo.
Veo un bloque de casillas
que se asoman una tras otra,
amalgama entre faros lluvia y estructura.
Se arrastran hacia arriba
siluetas oblicuas
que pasan a toda prisa
agrandadas y punzantes nada más lanzadas
cada una, al encaramarse, doblada sobre sí misma.
Siempre apuntan a la esquina escabulléndose
encima del armario, hacia un punto inaccesible
en el que ausentarse.

Senza l'impalcatura via San Francesco a Ripa
si allarga e si riempie di luce, svelando
per quasi un anno
le sfacciate ammantate, migliorando
la prospettiva in fondo,
punto d'arrivo di de Chirico.

Arrivo digiuna alle otto del mattino
il primo giorno di primavera,
rimbambita ma senza fame per via
della cena tardi la sera prima da Chiara e Luca.
La donna seduta di là dal banco
nel laboratorio prende la ricetta, la tessera sanitaria.
Le chiedo di togliere l'emocromo, il protidogramma.
Mi dà un foglio per il prelievo, la fattura, anche del tu,
quello brusco che punge, che funge da insulto.

Il medico taciturno (oggi al telefono) prepara
tutto in fretta:
ago, elastico, etichette.
Basta una provetta
per decifrare la babele del mio organismo.
All'uscita nella sala d'attesa
incontro una signora sui settanta preoccupata,
capi conservatori, occhiaie, sempre chiamata
Signora: ora l'impiegata, premurosa, adopera
il pronome coretto in quel contesto ematico.

A casa mi tolgo il cerotto
mica adatto per proteggere il buco
in quell'angolino umido del braccio.
È stranamente tenace, lo strappo,
la pallina di cotone un occhio
arrossato staccato dall'orbita.
Il giorno dopo, mi dà sempre fastidio.

Sin andamios via San Francesco a Ripa[18]
se ensancha y se llena de luz, desvelando
durante casi un año
las desfachateces[19] encubiertas, mejorando
la perspectiva de fondo
punto de llegada de De Chirico.

Llego en ayunas a las ocho de la mañana
el primer día de la primavera,
atontada pero no hambrienta a causa
de la cena tardía la noche anterior en casa de Chiara y Luca.
La mujer sentada al otro lado del mostrador
en el laboratorio recoge la receta, la tarjeta sanitaria.
Le pido que saque el hemograma, el protidograma[20].
Me da una hoja para la extracción, la factura, y me tutea,
ese tuteo brusco que hiere, que sirve de insulto.

El médico taciturno (hoy por teléfono) lo prepara
todo con prisas:
aguja, cinta elástica, etiquetas.
Solo un tubo de ensayo
para descifrar la babel de mi organismo.
Al salir en la sala de espera
me topo con una mujer de unos setenta años, preocupada,
ropas conservadoras, ojeras, a la que siempre llaman
Señora: ahora la empleada, solícita, utiliza
el pronombre correcto en ese contexto hemático.

En casa me quito la tirita
poco adecuada para proteger el agujero
en ese rinconcito húmedo del brazo.
Es extrañamente tenaz, el tirón,
la bolita de algodón un ojo
enrojecido separado de la órbita.
Al día siguiente, me sigue molestando.

Per creare spazio nel soppalco
per mettere via le valigie
ho portato giù indumenti eleganti
e cappelli vari della signora
a cui apparteneva una volta
questa casa, abiti lavati e stirati
adatti ad altri tempi.

Erano ancora appesi quando
ho visto l'appartamento
per la prima volta.

Ho afferrato le stampelle
scheletriche della tintoria,
sussurrava la plastica
che abbozzolava quei capi.

Pesavano più di quanto mi aspettassi,
li ho trascinati mettendo le mani
sotto le maniche
come fossero due ascelle in carne e ossa.

Ho chiamato l'ascensore,
ho aperto la cantina.
Ora giacciono nel gelo oscuro
sopra la dormeuse traballante
su cui mi sono ripresa
dopo l'intervento all'utero,
anche quello per eliminare
qualcosa di indesiderato.

Para dejar espacio en el altillo
para guardar las maletas
bajé los indumentos elegantes
y varios sombreros de la señora
a la que en otros tiempos pertenecía
esta casa, vestidos lavados y planchados
adecuados para otros tiempos.

Todavía estaban colgados cuando
vi el piso
por primera vez.

Arramblé con las perchas
esqueléticas de la tintorería,
susurraba el plástico
de esas prendas encapulladas.

Pesaban más de lo esperado,
las arrastré colocando las manos
debajo de las mangas
como si fueran dos axilas de carne y hueso.

Llamé al ascensor,
abrí el sótano.
Ahora yacen en el hielo oscuro
sobre el diván desvencijado
en el que me recuperé
después de la operación en el útero,
que sirvió también para borrar
algo no deseado.

In cerca di giornali a Napoli
racconto a un mio amico
la storia della pelliccia
che indosso
nonostante il caldo.
Capo di mia suocera
ereditato in lutto vent'anni fa.
Lei, in un parcheggio a febbraio
era caduta indietro sbattendo la testa.
In ospedale in una stanza offuscata
stonavano i suoi cappelli arricciati,
acconciatura frivola da festa.
Ricordo di essere tornata a casa in macchina,
e di mio suocero appena vedovo che guidava
e di trovarci sempre in pianura in
«quelle ultime ore preziose
quando la tenebra
si disfa nell'alba».
Quella settimana a casa sua
dedicata a diffondere la notizia
e conoscere il suo fantasma
ho saputo di un premio.
Ho scelto per la cerimonia
un abito di seta in cui lei
aveva incontrato tempo fa
il re della Thailandia.
Ho aggiunto la pelliccia
ché faceva freddo.
Armadio esteso, guardaroba esposto
che occupava più di una stanza,
era una sorta di negozio in cui frughi
mentre la proprietaria ti ignora.

Buscando periódicos en Nápoles
le cuento a un amigo mío
la historia del abrigo de piel
que llevo
a pesar del calor.
Prenda de mi suegra
heredada en duelo hace veinte años.
Ella, en un aparcamiento en febrero,
cayó hacia atrás golpeándose la cabeza.
En el hospital en una habitación ofuscada
desentonaban sus sombreros[21] rizados,
peinado frívolo de fiesta.
Recuerdo que volví a casa en coche,
y que mi suegro recién enviudado conducía
y nos hallábamos aún en la llanura en
«esas últimas horas preciosas
cuando las tinieblas
se deshacen en el alba»[22].
En esa semana en su casa
dedicada a difundir la noticia
y a familiarizarme con su fantasma
me enteré de un premio.
Elegí para la ceremonia
un vestido de seda usado por ella
para reunirse tiempo atrás
con el rey de Tailandia.
Añadí el abrigo de piel
porque hacía frío.
Armario ampliado, ropero a la vista
que ocupaba más de una habitación,
una suerte de tienda en la que rebuscas
mientras la dueña te hace caso omiso.

TRE SCARPE

I.

«Corpo con le scarpe
ripescato nel Tevere»:
titolo di un mio ritaglio ingiallito.
Mi chiedo per quale motivo lo custodisca –
Per tenere in mente
un omicidio lurido che spegne
l'identità, perfino l'età,
visto che le dita di quell'uomo
senza documento, così decomposto
non lasciavano neanche le impronte?
Le scarpe da tennis
sono l'unico indizio.
Salvo e trascuro
questa notizia.
Per qualche anno scivola
di qua e di là
tra le mie carte
tra una casa e l'altra
tra Roma e l'America
come una salma alla deriva.
Dove collocarlo?
Ecco fatto, incollato
in un mio quaderno.

II.

Erano scarpe gialle
carine, desiderate,
scelte e ordinate
dal vasto catalogo di Sears
testo sacro consumistico
compagno mio

TRES ZAPATOS

I

«Cuerpo con zapatos
extraído del Tíber»:
título de un amarillento recorte mío[23].
Me pregunto por qué motivo lo conservo —
¿Para no olvidar
un sucio asesinato que extingue
la identidad, la edad incluso,
visto que los dedos de ese hombre
sin documentos, tan descompuesto,
ni siquiera dejaban huellas dactilares?
Las zapatillas de tenis
son la única pista.
Salvo y descuido
esta noticia.
Durante unos años se desliza
aquí y allá
entre mis papeles
entre una casa y otra
entre Roma y América
como un cadáver a la deriva.
¿Dónde colocarlo?
Ya está, pegado
en uno de mis cuadernos[24].

II

Eran unos zapatos amarillos
bonitos, deseados,
seleccionados y encargados
del extenso catálogo de Sears[25]
texto sagrado consumista
compañero mío

studiato accanitamente
quasi a memoria
per diventare come gli altri.
Quando mi sono arrivate, però,
delusione acerba.
Avevo sbagliato,
era un giallo cattivo.
Con l'idea di rovinare le scarpe
per poter chiederne altre
sono andata nel bosco di fronte casa nostra
mettendo i piedi nell'acqua fangosa
dello stagno
bistrattando quel giallo maledetto
con doppi sensi di colpa
ci sono cascata dentro *avrei mentito*
ai miei genitori
dopodiché
portavo tutti i giorni
scarpe non solo odiate
ma sporche, imbruttite
visto che secondo loro
mi stavano bene.

III.

Ogni taxi romano
richiama il rimpianto
per le scarpe oro
dimenticato sul sedile.

Aria afosa, io stanca e scombinata,
sandali ancora ai piedi alla fine della serata.

Lui bislacco, collo massiccio,
farfugliava al telefono.
Volevo solo scendere mentre
correva verso Trastevere.

Dopo Via del Foro Olitorio
si è fermato in mezzo alla strada,
pareva sollevato di scaricarmi.

estudiado encarnizadamente
casi de memoria
para llegar a ser como los demás.
Cuando me llegaron, sin embargo,
qué amarga decepción.
Me había equivocado,
era un mal amarillo.
Con la idea de estropear los zapatos
para poder pedir otros
fui al bosque de enfrente de nuestra casa
metiendo los pies en el agua fangosa
del estanque
maltratando aquel maldito amarillo
con doble sentimiento de culpa
me caí sin querer, mentiría
a mis padres
con lo que después
llevaba todos los días
zapatos no solo odiados
sino sucios, afeados,
dado que según ellos
me quedaban muy bien.

III

Cada taxi romano
invoca la añoranza
por los zapatos oro
olvidado[26] en el asiento.

Aire bochornoso, yo cansada y desarreglada,
las sandalias todavía en los pies al final de la velada.

Él estrafalario, cuello macizo,
farfullaba al teléfono.
Solo quería bajarme mientras
corría hacia Trastévere.

Después de Via del Foro Olitorio
se detuvo en medio de la calle,
parecía aliviado de librarse de mí.

Preso il resto qualcosa
non mi tornava,
inutile tiremmolla,
lui che scansava.

Chiuso lo sportello e
saltate le strisce
sollevata anch'io
di costeggiare in pace il Ghetto,
sentimento mozzato
dal fatto di possedere
una borsa in meno
e di perdere di vista
quel coatto in un attimo.

Al coger la vuelta algo
no me cuadraba,
inútil tira y afloja,
él haciéndose el loco.

Tras cerrar la puerta y
saltar al paso de cebra
aliviada yo también
de bordear en paz el Gueto,
sentimiento demediado
por el hecho de poseer
una bolsa menos
y de perder de vista
a ese zafio en un instante.

Tradisce oppure
chiarisce le origini,
almeno l'infanzia
il modo di far vedere
i numeri con le dita.
Il mio tre dunque
crea una doppia vu
mentre quello italiano
che non mi verrà spontaneo
coinvolge il pollice.

Traiciona o bien
aclara los orígenes,
la infancia por lo menos
la manera de señalar
los números con los dedos.
Mi tres, por lo tanto,
crea una uve doble
mientras que el italiano
que no me saldrá espontáneo
involucra el pulgar.

ACCEZIONI

ACEPCIONES

«AIUOLE»

Raccoglie
ogni vocale.

«ARRIATE MUDO»[27]

Reúne
toda vocal.

«*AMBITO*»

Compaiano uno
dopo l'altro
nel vocabolario.
Solo l'accento cambia il senso,
separa lo spazio
dal desiderio.

«ÁMBITO»

A parecen[28] uno
tras otro
en el diccionario.
Solo el acento cambia el sentido,
separa el espacio
del deseo.

«ANAFORA»

Chiamo chi amo
con nome inventato
anziché anagrafico.
Codice segreto
tenuto stretto
per rendere mio
quel rapporto.

«ANÁFORA»

Yo amo a quien llamo[29]
con nombre inventado
en lugar del oficial.
Código secreto
bien ceñido a mí
para hacer mía
esa relación.

«FOLLIA»

Roma mai vista
così bella
un giorno che soffia
una nuvola lercia
dalla Salaria.

«LOCURA»

Roma nunca vista
tan hermosa
un día que sopla
una nube mugrienta
de la Salaria[30].

«DA NOI»

Vocaboli altrui siderali.
Come sarebbe invece
trascorrere almeno una
giornata con quelle
parole nelle ossa?

«ENTRE NOSOTROS»

Vocablos ajenos siderales.
¿Cómo sería en cambio
pasar al menos un
día con semejantes
palabras en los huesos?

«FORSENNATO»

Forsemmorto, *nel mio cervello,*
sarebbe il contrario.

«TRASTORNADO»[31]

Traspartido, en mi cerebro,
sería lo contrario.

«INCUBO»

Vuol dire non riuscire
a dire nulla a nessuno
davanti a un pericolo.
Ossia la testa piena di parole,
proteste che non escono.

«PESADILLA»

Significa no ser capaz
de decir nada a nadie
ante un peligro.
Es decir, la cabeza llena de palabras,
protestas que no salen.

«INNESTO»

L'ozio nel mezzo dell'adozione.

«INJERTO»[32]

El ocio en medio de las emociones.

«INVIDIA»

Se splende il sole sul mare
dopo tre giorni coperti
di vacanza, se sono in partenza.

«ENVIDIA»

Si el sol refulge sobre el mar
después de tres días nublados
de vacaciones, cuando me estoy yendo.

«LASCITO»

È un parola
che mi perseguita
in questo periodo
sempre in agguato
in testi diversi.
Per evitare dubbi
confermo il senso,
ma pare troppo algida
donazione testamentaria
come spiegazione.

«LEGADO»

Es una palabra
que me persigue
en este período
siempre emboscada
en diferentes textos.
Para evitar dudas
confirmo el significado
pero parece demasiado gélida
donación testamentaria
como explicación.

«OBIETTIVO»

Di raggiungere quel dopo
in calce a tutti gli sforzi,
di riprendersi perfino dalla goduria.

Di andare a letto e non pensare
a tutto ciò da ritirare
consegnare imparare tollerare.

Passiamo al participio,
la pace prolungata,
la scrivania ignorata.

L'ossatura della vita una serie
di infiniti, compreso morire,
da cancellare.

«OBJETIVO»

El llegar a ese después
al pie de todos los esfuerzos,
el recuperarse incluso del gustazo.

Irse a la cama y no pensar
en todo eso[33] que retirar
entregar aprender y tolerar.

Pasemos al participio,
la paz prolongada,
el escritorio ignorado.

La osamenta de la vida una serie
de infinitivos, incluido morir,
que hay que borrar.

«OBRIZO»

Detto dell'oro
senza lega.
A me però evoca
la prosa pura
d'un chimico che sapeva
l'angoscia del domani.

«OBRIZO»

Dicho de oro
sin aleación.
A mí, sin embargo, me evoca
la prosa pura
de un químico que sabía
las angustias del mañana[34].

«PENNACCHIO»

Passamaniera funebre,
massa scarsa per ornare
un cappello, un elmo
oppure il carro di un morto.
C'è quello di Pascoli
color rosa degli alberi.
Termine che evoca
la sparizione di tutto
la forma del fumo
anche un fenomeno
legato alle eclissi
visibile a occhio nudo.
Termine dell'elettrologia
di «carattere luminescenza»
e dell'architettura antica
per reggere una cupola,
elemento cioè di raccordo,
inoltre mostravento marino,
mazzo di stamigna,
infiorescenza maschile
in botanica.
Parola acquisita
quando noto
dopo il pranzo natalizio
l'assenza delle striscioline
di pelle che guarnivano
entrambe le cerniere
di una mia borsa verde-bottiglia.
Dettaglio distintivo,
tipo spaghetto scotto.
Si è snodato da solo da un lato
e quando me ne accorgo
è un'amica a completare
la frase, regalandomi
il vocabolo che cercavo.

«PENACHO»

Pasamanera[35] funeraria,
masa escasa para decorar
un sombrero, un yelmo
o el carro de un muerto.
Está el de Pascoli,
color rosa, de los árboles.
Término que evoca
la desaparición de todo
la forma del humo
incluso un fenómeno
vinculado con los eclipses
visible a simple vista.
Término de la electrología
para «carácter de luminiscencia»
y de la arquitectura antigua
para sostener una cúpula,
elemento conector, es decir
también veleta marina,
manojo de banderines,
inflorescencia masculina
en botánica.
Palabra adquirida
cuando noto
después de la comida navideña
la ausencia de las tiritas
de cuero que adornaban
ambas cremalleras
de un bolso mío verde botella.
Detalle distintivo,
tipo espagueti pasado.
Se ha desatado por sí solo en un lado
y cuando me percato
es una amiga la que completa
la frase, regalándome
el vocablo que iba buscando.

«PERCHÉ 'P'IACE»

Per poter(e)
pensare e parlare,
pendolare,
persino poetare.
Propria a Pessoa,
Lettera che punteggia
il titolo trittico di
Pier Paolo Pasolini.
Per purgatorio giunto
e le sette P ne la fronte
di Dante;
Paradiso che proviene
dal pairidaeza persiano.
Purtroppo perturba e piange.
Patria mi pesa,
preferisco piazza, Porta
Portese e portagioie:
parola preferita.
Peccato perdita.
Mentre la parola peripezia
(preferibilmente al plurale)
che vuol dire mutare radicalmente
le cose
è sbarcata in italiano
nel Cinquecento
nonostante le proteste
dei puristi.
Ah però.

«PORQUE PLACE»

Para poder
pensar y platicar,
pendular,
hasta poetar.
Propia de Pessoa,
Letra que puntea
el título tríptico de
Pier Paolo Pasolini.
Por purgatorio alcanzado
y las siete P en la frente
de Dante;
Paraíso que proviene
del *pairidaeza* persa[36].
Por desgracia perturba y plora.
Patria me pesa,
prefiero plaza, Porta
Portese y *portajoyas*:
palabra favorita.
Qué pena su pérdida.
Mientras que la palabra peripecia[37]
(preferiblemente en plural)
que significa cambiar radicalmente
las cosas
desembarcó en italiano
en el siglo dieciséis
a pesar de las protestas
de los puristas.
Ah caramba.

«QUADRATURA DEL CERCHIO»

L'acquarello del nonno
di un arabo a cavallo di
un cammello, sognato a Calcutta
senza mai aver visitato il deserto.

Ritrovato nel soppalco sudicio,
tana di topi e di altre sue opere
tarlate, condannate, dopo che è mancato.

Portato in America, incorniciato,
appeso nel soggiorno
poco frequentato.

Invece i tre cammelli
che passano sotto gli occhi
libere, vaganti, sono
più sbiadite dal vivo che
nel quadro, più miraggio che vero.

«CUADRATURA DEL CÍRCULO»

La acuarela de mi abuelo
de un árabe a lomos de
un camello, soñado en Calcuta
sin jamás haber visitado el desierto.

Hallado en el altillo sucio,
madriguera de ratones y de otras obras suyas
apolilladas, condenadas, después de su fallecimiento.

Llevado a América, enmarcado,
colgado en la sala de estar
poco transitada.

En cambio, los tres camellos
que pasan ante los ojos
libres, vagabundas[38], son
más pálidas en vivo que
en el cuadro, más espejismo que realidad.

«RENDERSI CONTO»

Il peso di Octavio
umido, appena svenuto
tra le braccia.

«DARSE CUENTA»

El peso de Octavio
húmedo, recién desmayado
entre mis brazos.

«RIMPIANTO»

Verso intatto   *scordato.*

«AÑORANZA»

Verso intacto[39]   olvidado.

«ROVISTARE»

Vuol dire cercare
dappertutto
parola attesa
a mia insaputa.

«REBUSCAR»[40]

Significa buscar
por todos lados
palabra esperada
sin yo saberlo.

«SBANCARE»

Quello che dice il padrone
ai due al tavolo accanto
dopo la mangiata di sabato:
ravioli trippa carciofi torta
fa il conto
chiedendo loro cosa avevano ordinato
aggiungendo avete sbancato.
Fa la somma sbrigativa
nei margini della grande pagina bianca
messa giù per ospitare un pasto solo.
Prima di strapparla e di
apparecchiare di nuovo
resta il saldo calcolato
in calce al vuoto.

«LLEVAR A LA RUINA»

Es lo que dice el jefe
a los dos de la mesa de al lado
después de la comilona del sábado:
raviolis callos alcachofas tarta
lleva la cuenta
preguntándoles qué habían pedido
añadiendo que *me lleváis a la ruina*.
Echa la suma apresurada
en los márgenes de la gran página en blanco
desplegada para dar cabida a una sola comida.
Antes de romperla y de
poner la mesa de nuevo
queda el saldo calculado
al pie del vacío.

«SBOLOGNARE»

Pare che abbia a che fare
con la città stessa
o smodata o annichilita
invece saltabecca dall'oro falso
a una specie di liberazione furba.

«DESEMBARAZARSE»

Parece tener algo que ver
con la gravidez misma
ya sea desmedida o aniquilada
en cambio, salta del oro falso[41]
a una especie de liberación astuta.

«SCAPICOLLARSI»

Me lo regala il vocabolo
un amico indaffarato
che non riesce (dice)
di combinare un tubo.

«DESPEZUÑARSE»

Me regala este vocablo
un amigo muy ocupado
incapaz (eso dice)
de concretar una miaja.

«SCARTABELLARE»

Scoperto nel romanzo prolisso
e meravigliosamente dispersivo
di Dolores Prato le cui pagine, oltre seicento,
vanno lette senza scavalcarne nemmeno una.

«TRASHOJAR»

Descubierto en la novela prolija
y maravillosamente dispersiva
de Dolores Prato cuyas páginas, más de seiscientas,
deben leerse sin saltarse ni una sola.

«SGAMARE»

Cioè che fanno
due bambini quando sanno
la madre innamorata
dopo anni di tristezza.

«COSCARSE»

Es decir[42] lo que hacen
dos niños cuando saben
a su madre enamorada
tras años de tristeza.

«SORPRENDENTE»

Nuvola bianca vista di notte.

«SORPRENDENTE»

Nube blanca vista de noche.

«SQUADERNARE»

Azione legata
al mio oggetto preferito
davanti alla quale mi ritrovo
a un bivio.
Si tratta della S
lettera simmetrica
che inganna,
che trasforma,
che enfatizza o
depriva una parola
con sortilegio parasintetico
dal proprio senso,
prefisso doppio e ubiquo
del tutto contraddittorio
sia positivo che negativo
per intensificare o smorzare
aggiungere, sottrarre,
snaturare, peggiorare
addirittura annientare.
Indica separazione, allontanamento!
(Smammato, stupendo.)
Squadernare, quindi,
vuol dire sfogliare un testo,
ma in modo attento o ozioso?
Anche scucire, smontare
delle pagine rilegate.
Citato nella Commedia
per divulgare,
cioè spiegare
nel mio piccolo
come io
voglio bene
all'italiano.

«DESENCUADERNAR»

Acción vinculada
a mi objeto preferido[43]
frente a la cual me encuentro
en una encrucijada.
Se trata de *des-*
letras incisivas
que engañan,
que transforman,
que enfatizan o
privan una palabra
con sortilegio parasintético
de su propio sentido,
prefijo doble y ubicuo
completamente contradictorio
tanto positivo como negativo
para intensificar o atenuar
sumar, restar,
distorsionar, empeorar
incluso aniquilar.
¡Indica separación, distanciamiento!
(Desaborío, desmedido).
Desglosar, casi lo mismo,
¿significa recorrer un texto,
pero de manera atenta u ociosa?
También descoser, desmontar
páginas encuadernadas.
Mencionado en la *Comedia*
para divulgar,
es decir, explicar
dentro de mis posibilidades
lo mucho
que quiero
al italiano.

«SBUCARE»

Da distinguere da «sboccare»
anche se nel Devoto-Oli
l'uno sbuca nel lemma
dell'altro.

Da ricordare grazie al piccione
che si lancia dalla fessura
nel muro alto e scabroso
un pomeriggio cheto a
Monteverde, beccandomi.

Confusione che cozza
col viso e col braccio nudo.
Il male che sfiora l'orecchio,
lo spavento e lo schifo.

All'università a vent'anni
in un'altra lingua
mi hanno colpito certe righe:
le grandi ali ancora battenti
sopra la donna che barcolla.
Poesia assai sensuale
che quasi invidiavo povera Leda.

Nella declinazione banale
vissuta da adulta
l'eros non c'entra nulla,
neanche il regno divino,
solo lo squallore, la furia,
e la convinzione
prima che lui mi lascia
di essere in preda
alla mia fine.

«DESEMBOCAR»

Que ha de distinguirse de «desembolsar»
aunque en el diccionario
uno desemboque en el lema
del otro.

Que recuerdo gracias a la paloma
que se lanza desde la grieta
en el muro alto y escabroso
una tarde tranquila en
Monteverde, golpeándome.

Confusión que choca
con la cara y el brazo desnudos.
El mal que roza la oreja,
el susto y el asco.

En la universidad a los veinte años
en otro idioma
algunas líneas llamaron mi atención:
*las grandes alas baten
en la aturdida joven*[44].
Poema de lo más sensual
que casi envidiaba a la pobre Leda.

En la declinación banal
vivida de adulta
el eros nada tiene que ver,
tampoco el reino divino,
solo la miseria, la furia,
y la convicción
antes de que él me deja
de quedar a merced
de mi final.

«SVARIONE»

Occasioni che durano
e significano chi sono.

«GAZAPO»

Oportunidades que duran
y significan lo que soy.

«UBBIA»

Voce desueta
priva di certezza.
Ribadisco
l'etimo incerto,
meglio non inquadrare
l'anima di mia madre.

«MENDOZINO»

Voz obsoleta
carente de certeza.
Remacho
la etimología incierta,
mejor no enmarcar
el alma de mi madre.

DIMENTICANZE

OLVIDOS

«LE RICORDANZE»

Davanti al Bar Glorioso
il signore che abita al piano di sotto
si emoziona citando due righe famose
a proposito di niente:
Sarei dannato a consumare
in questo natio borgo selvaggio.
Sostituisce però «borgo» con «loco»
e quando gli chiedo di chi sono
non si ricorda più, dice di dirmelo
in futuro.

Mi pare preoccupato,
ha il giornale arrotolato stretto in mano,
tiene anche un dispositivo
credo per misurare a casa la glicemia
della moglie che stenta a camminare.

Fanno delle passeggiate insieme
scendendo cautamente per la scalinata.
Vanno a fare il rifornimento di lampadine
portando come riferimento la confezione
di carta e plastica strappata.

Un giorno saliamo insieme in ascensore
e la signora dice che sono decenni
che vivono in quel palazzo
e che sono passati.

Lui mi vorrebbe far conoscere un'altra Roma
portandomi in giro raccontandomi
di Garibaldi, del tamburino.
Se vede Noor che chiama Principessa
dimostra con la mano in basso
quant'è cresciuta.

132

«LAS REMEMBRANZAS»

Frente al Bar Glorioso
el señor que vive en el piso de abajo
se emociona citando dos líneas famosas
a propósito de nada:
Estaría condenado a consumirme
en esta nativa aldea salvaje[45].
Sin embargo, reemplaza «aldea» con «lugar»
y cuando le pregunto de quién son
ya no se acuerda, me dice que me lo dirá
en el futuro.

Me parece preocupado,
tiene el periódico enrollado sujeto en la mano,
también lleva un dispositivo
creo que para medir en casa la glucemia
de su mujer, a la que le cuesta caminar.

Suelen dar paseos juntos
bajando con cuidado por la escalinata.
Van a abastecerse de bombillas
usando como referencia la confección
de papel y plástico roto.

Un día subimos juntos en el ascensor
y la señora dice que hace décadas
que viven en este edificio
y que han pasado.

A él le gustaría enseñarme otra Roma
llevándome por ahí hablándome
de Garibaldi, del tamborcillo.
Si ve a Noor a la que llama Princesa
señala con la mano hacia abajo
cuánto ha crecido.

Ricordo preciso
di loro due d'estate
a pranzo in terrazza.
Sul tavolo c'erano
due bicchieri di vino bianco
e lui che infilava qualcosa,
del formaggio o del prosciutto
nel pane, gesto determinato
che sono riuscita a osservare,
dall'alto, solo un secondo.

Recuerdo preciso
de ellos dos en verano
comiendo en la terraza.
En la mesa había
dos copas de vino blanco
y él metía algo,
un poco de queso o de jamón
en el pan, con gesto decidido
que alcancé a observar,
desde lo alto, solo un segundo.

GENERAZIONI

GENERACIONES

Il quaderno in cui mia madre
scriveva i suoi versi bengalesi
aveva una copertina gialla e
abitava accanto al suo letto finché
una volta, ispirata, non lo trovava più.
Si rammaricava della sbadataggine,
anch'io sotto sotto non l'ho perdonata,
ci tenevo a sentire quelle poesie
in cui capivo tre parole
insieme a tutte le sue viscere.
Si è arresa al demonio
che sposta le nostre cose
come gli pare
ma poi un giorno
mi ha chiamata eccitata.
È stato mio padre a recuperarlo
nello studio sotterraneo,
senza neanche cercarlo.
Scantinato antipatico
dedicato ai libri respinti,
purgatorio mesto e umido.
Lì scendevo sempre con terrore,
troppo disordine, troppo passato.

Una volta, incinta, in cerca di chissà cosa
ho sbattuto la mano destra
contro una scheggia di vetro
ed è spuntato l'osso
a causa di un contenitore rotto
costruito per trasportare
una scultura delicata da Calcutta,
mai buttato via per pigrizia.
Sopra la nocca
resta la ferita.

El cuaderno en el que mi madre
escribía sus versos bengalíes
tenía una cubierta amarilla[46] y
vivió al lado de su cama hasta
que una vez, inspirada, ya no lo encontró.
Se lamentaba de su despiste,
en el fondo yo tampoco la he perdonado,
me gustaba escuchar aquellos poemas
de los que entendía tres palabras
junto con todas sus entrañas.
Ella se rindió al demonio
que cambia de sitio nuestras cosas
como le da la gana
pero luego un día
me llamó muy emocionada.
Mi padre lo había encontrado
en el despacho subterráneo,
sin buscarlo siquiera.
Sótano desagradable
dedicado a los libros rechazados,
purgatorio afligido y húmedo.
Allí bajaba yo siempre aterrorizada,
excesivo desorden, excesivo pasado.

Una vez, embarazada, buscando quién sabe qué
me di un golpe con la mano derecha
contra una esquirla de cristal
y se me veía el hueso
a causa de un contenedor roto
construido para transportar
una delicada escultura desde Calcuta,
que nunca tiramos por pereza.
Encima del nudillo
ha quedado la herida.

In quella Colchide
mio padre fu un eroe
conquistando un oggetto sacro,
superando le prove,
atto che declino
in quanto affetto.

En esa Cólquida
mi padre fue un héroe
conquistando un objeto sagrado,
superando las pruebas,
acto que declino
como muestra de cariño.

La manica della camicia da notte
regalata ieri a mia madre
scelta a Porta Portese
dove pendeva
celeste
sotto la tenda cupa
attirandomi
è già chiazzata
qua e là
di sangue stinto
versato, mi dice,
mentre dormiva
dalla bocca o una narice
senza accorgersene.

La manga del camisón
que regalé a mi madre ayer
escogido en Porta Portese[47]
donde colgaba
celeste
bajo el toldo sombrío
atrayéndome
ya está manchada
aquí y allá
de sangre descolorida
derramada, me dice,
mientras dormía
de la boca o de la nariz
sin darse cuenta.

Il corpo si sposta facilmente, banalmente
da un continente all'altro
e così nel giro di cinque giorni
si confondono gli anni e gli spazi
che abitavo solamente una volta.
Solo il cuore si inceppa
se apro il chiavistello testardo del cancello
e mi metto un attimo in giardino
a salutare il ciliegio parecchio ingrossato
in fioritura sempre la stessa settimana
in cui Octavio compie gli anni.
Di nuovo mi permetto un attimo
di innamorarmi della corteccia argentea
albero nostro al posto
di un ginkgo puzzolente, troppo frondoso
ereditato poi stroncato
dal nostro giardiniere un giorno
seduto in alto su un ramo, eroico
che brandiva una sega rumorosa in mano.
All'epoca in mezzo
c'era erba
anziché il pavimento duro
in ardesia
contro il quale Noor
spinta mentre giocava felice
dopo la sua settima festa di compleanno
ha sbattuto la bocca.
Noi adulti chiacchieravamo tranquilli
al piano di sopra
in soggiorno
ignari
finché lei è salita per dirmi
mi fa male.

El cuerpo se desplaza fácil, trivialmente
de un continente a otro
y así en apenas cinco días
se confunden los años y los espacios
que viví solamente una vez.
Solo el corazón se atasca
si abro el pestillo testarudo de la verja
y entro en el jardín por un momento
para saludar al cerezo bastante agrandado
que florece siempre la misma semana
en la que Octavio cumple años.
Me concedo de nuevo un momento
para enamorarme de la corteza plateada
árbol nuestro en lugar
de un ginkgo maloliente, demasiado frondoso
heredado y luego cortado
por nuestro jardinero un día
sentado en lo alto de una rama, heroico
blandiendo una sierra ruidosa en la mano.
Por entonces en medio
había hierba
en lugar del suelo duro
de pizarra
contra el cual Noor
empujada mientras jugaba feliz
después de su séptima fiesta de cumpleaños
se dio un golpe en la boca.
Los adultos charlábamos tranquilos
en la planta de arriba
en la sala de estar
despreocupados
hasta que subió a decirme
me duele.

Poi la corsa dal dentista
era una domenica tardo pomeriggio
sempre aperto essendo ebreo ortodosso
la furia e la paura
di perdere quel dente
la radice in ballo
speriamo che non si ingrigisca
le mele che mia figlia mangiava per anni da un lato
rimpianto divorante da parte mia
di aver strappato l'erba
e di aver messo giù quelle lastre
di aver cambiato troppo certe cose.

Luego corriendo al dentista
era un domingo a última hora de la tarde
que estaba abierto al ser judío ortodoxo
la prisa y el miedo
a perder ese diente
la raíz en juego
esperemos que no se ponga gris
las manzanas que durante años comía mi hija por un lado
devorador arrepentimiento por mi parte
de haber arrancado la hierba
y de haber colocado esas baldosas
de haber cambiado demasiado ciertas cosas.

Cerco invano un modo di
ambientare un mio racconto
attorno alla piscina di Calcutta
drenata a richiesta di mia madre
al circolo esclusivo affittato
per un pomeriggio solo.

Non voleva rischiare la caduta
degli ospiti (tra cui bambini, anziani)
durante la festa che si svolgeva
sia dentro che fuori.
Diceva che non si fidava
dell'acqua profonda.

Era convinta che quel pericolo
avrebbe potuto uccidere qualcuno.
Non temeva lo sfracellarsi
nella fossa asciutta,
contro il cemento il cui impatto
sarebbe stato definitivo.

Busco en vano una manera de
situar un cuento mío
en torno a la piscina de Calcuta
drenada a petición de mi madre
en el club exclusivo alquilado
por una sola tarde.

No quería arriesgarse a la caída
de los invitados (niños, ancianos entre ellos)
durante la fiesta que se celebraba
tanto dentro como fuera.
Decía que no se fiaba
de las aguas profundas.

Estaba convencida de que ese peligro
podría haber matado a alguien.
No temía que alguien se estrellara
en el hueco seco,
contra el hormigón cuyo impacto
hubiera sido definitivo.

Mentre piove forte stanotte
sogno il soggiorno lungo e stretto
che contiene i mobili
dei miei genitori
con una finestra sola
la cui persiana blu
(una serie di pannelli lunghi ritrosi ai movimenti)
era sempre chiusa,
una delle guerre tacite e continue tra me e
mio padre che preferiva ignorare
la veduta adombrata di alberi, prato in pendenza,
strada poco trafficata.

Sogno però uno spazio modificato,
arredi sconosciuti,
configurazione insensata.
Mi metto a sistemare,
spostando facilmente un divano leggero,
anche un letto su cui, penso,
mia madre potrebbe stendersi
comodamente davanti alla tv.

Continuo presa dalla trasformazione benché
sarò in ritardo, avrò qualche appuntamento.
Solo al risveglio mi ricordo
che quel soggiorno
buio e contestato
è stato tempo fa svuotato
per diventare tana
di un'altra famiglia.

Mientras llueve con fuerza esta noche
sueño con la sala de estar larga y estrecha
que contiene los muebles
de mis padres
con una sola ventana
cuya persiana azul
(una serie de paneles largos reacios al movimiento)
siempre estaba cerrada,
una de las guerras tácitas y continuas entre
mi padre y yo, él que prefería ignorar
la vista sombreada de los árboles, el prado en cuesta,
calle con poco tráfico.

Sueño, sin embargo, con un espacio modificado,
mobiliario desconocido,
configuración sin sentido.
Me pongo a colocarlo,
desplazando fácilmente un sofá ligero,
y una cama también en la que, pienso,
podría tumbarse mi madre
cómodamente frente al televisor.

Sigo absorta en la transformación por más que
vaya a llegar tarde, tendré alguna cita.
Solo cuando me despierto me acuerdo
de que esa sala de estar
oscura y disputada
fue vaciada hace tiempo
para convertirse en guarida
de otra familia.

Tu, Octavio
avrai dimenticato
di quel giorno
dopo la festa
di una bambina
di nome Luna.
La madre aveva invitato
tutta la classe
a pranzo in un ristorante
all'angolo al primo piano.

Tu, schivo,
visto quel chiasso
hai deciso
di stare lontano.
A un certo punto
hai pianto
a differenza degli altri
impazziti, uniti,
dentro uno sciame
di palloncini.

Per strada innervosita
ti ho rimproverato,
ho perfino rifiutato
di prenderti la mano.
Ti ho lasciato
in lacrime, confuso, respinto.
Primo fallimento materno
di cui ancora mi vergogno.

Impecorirsi *si dice:*
accodarsi agli altri
come animali.
Oggi ti spingo a fare il contrario

Tú, Octavio,
te habrás olvidado
de aquel día
después de la fiesta
de una niña
llamada Luna.
La madre había invitado
a toda la clase
a comer en un restaurante
en la esquina de un primer piso.

Tú, esquivo,
dado el alboroto
decidiste
mantenerte alejado.
En determinado momento
lloraste
a diferencia de los demás
enloquecidos, al unísono,
dentro de un enjambre
de globos.

En la calle, nerviosa,
te regañé,
me negué incluso
a darte la mano.
Te dejé
llorando, confundido, rechazado.
Primer fracaso materno
del que todavía me avergüenzo.

Aborregarse se dice:
sumarse a los demás
como animales.
Hoy te insto a hacer lo contrario

quel giorno però speravo
che tu entrassi spigliato
in quello sciame
variopinto
riconoscendomi troppo
in te.

pero aquel día esperaba
que entraras desenvuelto
en ese enjambre
variopinto
reconociéndome demasiado
en ti.

Mio zio, ricoverato,
farnetica in una città lontana
senza voglia di vivere.

Una volta dipingeva, canticchiava mentre
disegnava manifesti e
copertine dei libri.

Bell'uomo, cappelli voluminosi.
La sera altri artisti
passavano a salutarlo, chiedere consigli.

Rapporti splendidi tra di loro,
sfoghi, sigarette, risate,
scambi vitali.

In un altro continente
mia madre fa fatica a capire
che fine ha fato il suo fratellino.

Mi telefona, mi dice:
secondo tuo cugino i piedi dello zio
sono ormai da scheletro.

Mi tío, hospitalizado,
desvaría en una ciudad lejana
sin ganas de vivir.

En otros tiempos pintaba, tarareaba mientras
dibujaba carteles y
portadas de libros.

Guapo, sombreros[48] voluminosos.
Por la noche otros artistas
venían a saludarlo, a pedirle consejo.

Espléndidas relaciones entre ellos,
desahogos, cigarrillos, carcajadas,
intercambios vitales.

En otro continente
a mi madre le cuesta entender
lo que le ha pasado a su hermanito.

Me llama por teléfono, me dice:
según tu primo los pies del tío
soy ya de esqueleto.

Tante distanze attraversate
per poter organizzare anche qui
la festicciola di Noor,
per tenere in vita un rametto
già strappato
della sua infanzia.

Torta ritirata come prima,
preparata poi pesata
in Via della luce,
incartata e portata
cautamente su.

Sei ragazze in casa,
due buste di patatine,
tre materassi buttati per terra.
Una notte per spezzare le altre,
per saldare due tempi estranei.

Tantas distancias cruzadas
para poder organizar aquí también
la fiestecilla de Noor
para mantener con vida una ramita
ya arrancada
de su infancia.

La tarta encargada como antes,
preparada y luego pesada
en Via della Luce,
envuelta y subida
a casa con cautela.

Seis chicas en el piso
dos bolsas de patatas fritas,
tres colchones tirados por el suelo.
Una noche para quebrar las demás,
para soldar dos tiempos ajenos.

Vorrei limitare il più possibile
le parole dedicate alla voce stralunata
quel giorno al telefono.

Senza sentirmi urlava,
strazio suo che mi pervadeva, precipitava
dall'orecchio al petto.

Aspettavo una barca, sul molo mancava ombra.
    Era luglio, le due passate in Sardegna.

Avevo già scambiato due parole con mia sorella
    sfinita dopo la lunga settimana in ospedale.

Non ascolta, si rifiuta di inghiottire le pillole.
Lascia stare, falla riposare.

Parlavamo di nostra madre appena dimessa e
    stesa sul divano sotto la coperta.

La voce però mi sconcertava, mi sembrava
    sbalestrata, in qualche maniera posseduta.

Sull'isola ho messo a posto la casa affittata, cibo
    comprato a vanvera al supermercato vicino a
    Cagliari.

Pensavo di starci una settimana prima di tornare
    indietro come si deve.

L'unico piacere è stato il gesto fiducioso nella
    camera da letto di appendere i vestiti estivi
    lungo la parete.

Quisiera limitar tanto como fuera posible
las palabras dedicadas a la voz trastornada
aquel día por teléfono.

Sin oírme gritaba,
desgarro suyo que me embargaba, precipitado
desde la oreja hasta el pecho.

Estaba esperando un barco, sin sombra en el muelle.
    Era julio, las dos pasadas en Cerdeña.

Ya había intercambiado algunas palabras con mi hermana
    exhausta después de la larga semana en el hospital.

No escucha, se niega a tomarse las pastillas.
Déjala en paz, déjala descansar.

Hablábamos de nuestra madre, dada hace poco de alta y
    tumbada en el sofá debajo de la manta.

La voz, eso sí, me desconcertaba, me parecía
    atolondrada, en cierto modo poseída.

En la isla puse orden en la casa alquilada, la comida
    comprada al azar en el supermercado cerca de
    Cagliari.

Pensaba en quedarme allí una semana antes de regresar
    como es debido.

El único placer fue el gesto confiado en el
    dormitorio de colgar la ropa de verano
    en la pared.

Noor scalpitava per fare un bagno, abbiamo messo
   quindi i costumi la piscina affollata a quell'ora

Invece ho nuotato con Octavio nel mare pieno di
   alghe scure verso la chiazza verde.

In acqua un'amica di Caterina m'ha salutato e
   raccontato una cosa mentre galleggiava
   infreddolita.

Parlava di un incidente
dopo il quale sua figlia
non riusciva a camminare.
Che sfortuna ho detto in imbarazzo
e lei mi ha corretto
che tragedia.

Rimproverata sono uscita dall'acqua. Squillava il
   cellulare.

Senza asciugarmi ho risposto. Era una mia cugina:
   torna subito.

Tutta la serata a fare i biglietti, complicato lasciare
   quel posto ché era domenica.

Dopo cena mi ricordo di aver pianto nelle braccia
   di una donna sconosciuta.

In barca all'alba fino all'aeroporto la pena di
   ripartire, la paura di non arrivare in tempo.

Scalo per forza a Roma per prendere il passaporto
   e fare l'altra valigia.

Da noi in quei giorni c'era una mia amica con la
   sua famiglia, in vacanza anche loro.

Ho chiesto scusa, che dispiacere tornare e
   incrinare la loro settimana spensierata.

Noor estaba ansiosa por darse un baño, nos pusimos
    pues los bañadores la piscina abarrotada a esas horas.

Nadé en cambio con Octavio en el mar lleno de
    algas oscuras hacia la mancha verde.

En el agua me saludó una amiga de Caterina y
    me contó algo mientras flotaba
    aterida.

Hablaba de un accidente
tras el cual su hija
ya no podía caminar.
Qué mala suerte dije con empacho
y ella me corrigió
qué tragedia.

Reprendida, salí del agua. Sonaba el
    móvil.

Sin secarme, contesté. Era una de mis primas:
    vuelve en seguida.

Toda la tarde comprando los billetes, complicado dejar
    aquel sitio al ser domingo.

Después de cenar recuerdo haber llorado en brazos
    de una mujer desconocida.

En barco al amanecer hasta el aeropuerto, la pena de
    marcharme, el temor de no llegar a tiempo.

Escala obligada en Roma para coger el pasaporte
    y hacer la otra maleta.

En aquellos días estaba en casa una amiga mía con su
    familia, ellos también de vacaciones.

Les pedí perdón, qué disgusto volver y
    estropear su semana despreocupada.

Hanno proposto di lasciarmi sola, di fare due
   passi, gli ho chiesto invece di farmi compagnia.

Cosa pensava la figlia che leggeva e disegnava
   mentre aprivo e chiudevo i cassetti?

All'ospedale oltre oceano mi aspetta più morta
   che viva, sembra buttata sotto un treno.

Invece mi disturba di più
mio padre seduto in sala d'attesa.
Non mi accompagna a vederla. A vedermi
approdata dopo tutta quella strada
dice poco, continua a leggere
la settimanale a cui era abbonato da mezzo
   secolo.

Secondo i medici un'emorragia del genere di
   solito uccide.

Mia madre resiste, si trasferisce in clinica vicino a
   casa nostra.

Per una settimana le porto da mangiare mentre
   mio padre appena pensionato va in biblioteca.

Un giorno esce senza avvisarmi, senza estrarre la
   seconda macchina.

Garage difettosamente stretto: manovra ostica e
   proibita che sapeva fare solo lui.

A cinquant'anni lo sfido senza graffiare lo
   sportello o storcere lo specchietto.

Schiaccio però con la gomma sinistra una latta di
   vernice, rossa.

Era appoggiata ai margini di quel vano angusto. Si
   forma una pozzanghera.

Me propusieron dejarme sola, salir a dar un
    paseo, les pedí en cambio que me hicieran compañía.

¿Qué pensaba la hija que leía y dibujaba
    mientras yo abría y cerraba cajones?

En el hospital al otro lado del océano me espera más muerta
    que viva, parece que le ha pasado un tren por encima.

En cambio, me molesta más
mi padre sentado en la sala de espera.
No me acompaña a verla. Al verme
arribar después de todo ese camino
dice poco, sigue leyendo
la semanal[49] a la que estaba abonado desde hacía medio
    siglo.

Según los médicos, una hemorragia como esa por
    lo general mata.

Mi madre resiste, se traslada a una clínica cerca de
    nuestra casa.

Durante una semana le llevo comida mientras
    mi padre, recién jubilado, se va a la biblioteca.

Un día sale sin avisarme, sin sacar el
    segundo coche.

Garaje defectuosamente estrecho: maniobra peliaguda y
    prohibida que solo él sabía hacer.

A los cincuenta años lo desafío sin arañar la
    puerta o torcer el espejo.

Eso sí, aplasto con el neumático izquierdo una lata de
    pintura, roja.

Estaba apoyada en el borde de ese espacio angosto. Se
    forma un charco.

La tinta cruenta chiazza la gomma, lascia
un'impronta sulla pece.

Massacro ambientato direttamente sotto il divano
su cui mia madre grondava sangue.

Faccio del mio meglio per levare le tracce
a quattro zampe come un cane, come
Clitemnestra.

La tinta sangrienta mancha el neumático, deja
una huella en la pez.

Masacre ambientada directamente debajo del sofá
sobre el que mi madre goteaba sangre.

Hago cuanto puedo para eliminar las huellas
a cuatro patas como un perro, como
Clitemnestra.

«AD A.»

Senza un soldo
a Natale quell'anno,
scriverne mi brucia il petto.

Sotto l'albero hai aperto
il mio regalo da bancarella,
affare sciocco per sistemare le monete,
e hai chiesto
a che serve, questo?
Solo che mi ero immedesimata in quell'oggetto.
Non ricordo più la mia reazione,
solo il disagio degli altri
che attendevano alla scena
e la mia posizione nel bagno
il corpo rannicchiato attorno
al piedistallo del gabinetto.
Volevo solo che quel grembo
ceramico mi toccasse il viso.

A gennaio sei stato tu
a mandarmi in una busta bianca a Boston
l'assegno per pagare la signora
che mi aspettava una volta alla settimana.
Andavo di sera, verso le otto se non sbaglio.
Al di là del fiume della città rigida,
L'edificio brutalista si trovava
nel quartiere dove avevo trascorso
il terzo anno della mia vita.
Ero sconfortata anche allora?

Anni dopo a Roma
apro la scatola
per decorare l'albero,
rito tutt'ora che richiama l'abisso,
Non riesco ad accendere neanche le luci

«PARA A.»[50]

Sin un céntimo
en Navidad de aquel año,
al escribir sobre ello me arde el pecho.

Debajo del árbol abriste
mi regalo de tenderete,
una cosa tonta para clasificar monedas,
y preguntaste
y esto ¿para qué sirve?
Solo que me había identificado con ese objeto.
Ya no recuerdo mi reacción,
solo la desazón de los demás
que asistían a la escena
y mi posición en el baño
el cuerpo acurrucado alrededor
del pedestal del váter.
Solo quería que ese regazo
cerámico me tocase la cara.

En enero fuiste tú
quien me mandaste en un sobre blanco a Boston
el cheque para pagarle a la señora[51]
que me esperaba una vez a la semana.
Iba al caer la tarde, sobre las ocho si no me equivoco.
Más allá del río de la ciudad rígida,
el edificio brutalista se hallaba
en el barrio donde había pasado
el tercer año de mi vida.
¿Estaba desalentada también entonces?

Años después en Roma
abro la caja
para decorar el árbol,
rito que todavía hoy evoca el abismo.
Ni capaz siquiera de encender las luces

senza incagliarmi in quei tempi,
le buste indirizzate ogni mese
a Naples Road
che mandavi
per curarmi.

sin encallarme en esos tiempos,
los sobres dirigidos cada mes
a Naples Road[52]
que enviabas
para curarme.

Canovaccio regalato da Octavio
stampato di dolci tipici,
pastiere e panforte
«le golosità italiane»
c'è scritto in alto.
Di cotone, sfondo una volta bianco.
Serve per le mani e per i piatti
e per non scordare
il viso di mio figlio
a dieci anni
appena sceso dal Pullman
dopo una gita assai amara
a Pompei.
Le lacrime, a vederci,
riempivano gli occhi,
era sconvolto,
in albergo l'avevano tormentato.
Chiaro che la ferita
lo avrebbe segnato tutta la vita.
A casa ci ha donato un telo allegro
scelto e comprato senza rancore
da qualche venditore
per genitori incapaci
di proteggerlo.

Paño de cocina regalado por Octavio
estampado con dulces típicos,
pastiere y *panforte*
«delicias italianas»
está escrito en lo alto.
De algodón, fondo en tiempos blanco.
Sirve para las manos y para los platos
y para no olvidar
la cara de mi hijo
a los diez años
que acaba de bajar del autobús
después de una excursión muy amarga
a Pompeya.
Las lágrimas, al vernos,
le llenaban los ojos,
estaba trastornado,
en el hotel lo habían atormentado.
Estaba claro que la herida
lo marcaría toda su vida.
En casa nos regaló una tela alegre
escogida y comprada sin rencor
a algún vendedor
para padres incapaces
de protegerlo.

Una volta da noi
si fermava tutto
se un raggio di sole
beccava un mio gioiello,
o l'anello o l'orologio
proiettando alla parete
un pianeta tremolante.
Se sbalzava e zigzagava
scatenato per la stanza
i ragazzi gridavano di gioia
impazziti tanto quanto
quel fenomeno transitorio.

En casa en otros tiempos
todo se detenía
si un rayo de sol
alcanzaba una de mis joyas,
fuera el anillo o el reloj
proyectando en la pared
un planeta tremolante.
Si rebotaba y zigzagueaba
desatado por la habitación
los chicos gritaban de alegría
tan enloquecidos como
ese transitorio fenómeno.

Il giorno dell'Epifania a Roma
troviamo in onda Il dottor Živago
la cui colonna sonora
ascoltavo spesso
nel tempo della mia infanzia.

Dimorava tra le numerose bobine
del tuo registratore Akai,
oggetto pregiato e magico
che padroneggiavi solo te,
che conteneva i saluti fervidi
dei tuoi parenti,
salvagente che ti suscitava
tanta angoscia quanta euforia.

Mettevi quella musica
sempre altissima – eri una sorta
di Achab matto –
in modo da far vibrare le pareti
e far sussultare anche me,
come se esplodesse ogni volta
un vulcano dentro la stanza.

Conoscevo la colonna sonora
a memoria prima di vedere il film,
mai in sala, sempre in tv.
E avevo la stessa età del dottore, circa,
quando si svolge il funerale della madre,
scena che metteva in chiaro
che anche tu, pur seduta lì accanto
te ne saresti andata un giorno,
che avrei sentito anch'io
quell'abbandono.

El día de la Epifanía en Roma
nos topamos en la radio con *Doctor Zhivago*[53]
cuya banda sonora
escuchaba a menudo
en los días de mi infancia.

Habitaba entre las numerosas bobinas
de tu registrador Akai,
objeto precioso y mágico
cuyo dominio a ti solo correspondía,
que contenía fervientes saludos
de tus parientes,
salvavidas que te despertaba
tanta angustia como euforia.

Ponías esa música
siempre muy alta —eras una suerte
de Ahab enloquecido—
para hacer vibrar las paredes
y que me sobresaltara yo también,
como si explotara una y otra vez
un volcán dentro de la habitación.

Me sabía la banda sonora
de memoria antes de ver la película,
nunca en un cine, siempre en la televisión.
Y yo tenía la misma edad que el doctor, más o menos,
cuando se celebra el funeral de la madre,
escena que dejaba claro
que tú también, aunque sentada ahí al lado,
algún día te irías,
que yo también sentiría
ese abandono.

Con quella musica mi hai fatto
conoscere la sofferenza,
cosa che fa parte del mio lessico famigliare:
basta qualche nota del tema di Lara,
la balalaika malinconica oppure l'orchestra
sentita e ripetuta infinite volte
per ritrovare a un tratto
paesaggi sconfinati, passioni,
casa gelata e disabitata
condizione esule
lotta comunista
cotta che avevi per l'attore egiziano
emozioni e lacrime
che ti davano inspiegabilmente
conforto, che mi spaventavano.
Antichi rapporti nostri,
legami indissolubili.

Con esa música me hiciste
conocer el sufrimiento,
algo que forma parte de mi léxico familiar:
unas notas del tema de Lara bastan,
la balalaica melancólica o la orquesta
escuchada y repetida infinitas veces
para rememorar de repente
paisajes sin límites, pasiones,
casa helada y deshabitada
condición de exiliado
lucha comunista
tu flechazo por el actor egipcio
emociones y lágrimas
que te daban inexplicablemente
consuelo, que a mí me asustaban.
Antiguas relaciones nuestras,
vínculos indisolubles[54].

Sogno di nuotare
dopo molto tempo
in acqua limpida,
una sorta di caletta
da dove si vede la terra.
C'è gente, non troppa,
è settembre e mi chiedo
perché non frequentiamo
più spesso il mare,
rammaricata che
la vita mi sfugga.
Octavio e Noor
mi si aggrappano
entrambi alla schiena
reggo l'uno e l'altra
perciò non riesco
a fare le bracciate.
Eppure mi muovo
con la testa fuori dell'acqua
guardandomi attorno
finché non raggiungiamo
una sponda scivolosa.
Di là di un'apertura c'è
uno scorcio di oceano,
dei bambini che corrono
felici davanti alle onde.
Mi emoziono a riconoscere
questo luogo intravisto
e visitato solo nei sogni.
Ci vuole una nuotata faticosa
dopo un tratto a piedi
per un sentiero segreto.
Stavolta però mi accorgo
di una falange di persone
al largo in piedi sulle tavole

Sueño con nadar
después de mucho tiempo
en aguas límpidas,
una especie de calita
desde la que pueda verse la orilla.
Hay gente, no demasiada,
es septiembre y me pregunto
por qué no vamos
más a menudo a la playa,
constatando amargada que
la vida se me escapa.
Octavio y Noor
se aferran
ambos a mi espalda
sujeto al uno y a la otra
y no puedo, por lo tanto,
dar brazadas.
Y, sin embargo, me muevo
con la cabeza fuera del agua
mirando a mi alrededor
hasta que llegamos
a una orilla resbaladiza.
Más allá de la apertura hay
un rincón del océano,
con niños corriendo
felices frente a las olas.
Me emociono al reconocer
este lugar vislumbrado
y visitado solo en sueños.
Sientan bien unas brazadas extenuantes
después de un paseo a pie
por un sendero secreto.
Pero esta vez me percato
de una falange de personas
aguas adentro de pie en tablones

a sorvegliare la costa,
formazione grazie alla quale
la visione si trasforma in sciagura.
Sono in tanti in tute nere.
Uno si tuffa in acqua
ed emerge col corpo
fiacco di un ragazzo biondo.
Mi sveglio prima di capire
se fosse morto e di sapere
sul giornale al mattino
della ragazza buttata
dal sesto piano.

para vigilar la costa,
formación gracias a la cual
la visión se convierte en desgracia.
Son muchos con trajes de buceo negros.
Uno se sumerge en el agua
y emerge con el cuerpo
deslavazado de un chico rubio.
Me despierto antes de comprender
si estaba muerto y de saber
por el periódico de la mañana
de esa chica que se ha tirado
desde el sexto piso.

Lo zio artista ci lascia
il primo di marzo.
Sto andando in palestra
quando arriva la notizia.
Sul cellulare mentre passa il tram
sento mio cugino a Calcutta.
Negli ultimi giorni, dice,
aveva smesso di parlare,
aveva accettato cucchiaiate dell'acqua
dalla nuora che sgridava.
Ronza la casa in sottofondo,
la morte porta chiacchiere, parapiglia.
Tocca a me informare mia madre.
Aspetto la sua mattina e risponde
mio padre ma lei ancora a letto
intuisce e ascolta segretamente
su uno dei vari telefoni
sparsi per la casa, vecchio vizio suo,
e quando dico che c'era ancora il corpo
si frappone e si scatena dal ventre
un gemito animalesco.
Per placarla le racconto un sogno recente
di lei con lui, la zia, mio cugino,
erano venuti finalmente a trovarla
in America, in Rhode Island,
erano seduti emozionati
davanti all'oceano dove mia sorella
faceva un bagno da sola,
aria cristallina, tagliente, scena felice
mai realizzata da cui
mi ero svegliata rasserenata.
Piange di essere diventata «sorella unica»
contraddizione in termine.

El tío artista nos deja
el primero de marzo.
Estoy yendo al gimnasio
cuando llega la noticia.
Por el móvil mientras pasa el tranvía
hablo con mi primo de Calcuta.
En los últimos días, dice,
había dejado de hablar,
había aceptado cucharadas de agua
de la nuera regañona.
La casa zumba de fondo,
la muerte aporta charla, barullo.
Me toca a mí contárselo a mi madre.
Espero a que sea de día allí y me contesta
mi padre, pero ella que sigue en la cama
intuye secretamente y escucha
en uno de los distintos teléfonos
esparcidos por la casa, viejo vicio suyo,
y cuando digo que el cuerpo seguía ahí
interviene y se le desencadena del vientre
un gemido animalesco.
Para apaciguarla, le cuento un sueño reciente
de ella con él, mi tía, mi primo,
por fin habían ido a verla
a Estados Unidos, a Rhode Island,
sentados todos, emocionados
frente al mar donde mi hermana
se bañaba ella sola,
aire cristalino, cortante, escena feliz
nunca realizada de la cual
me desperté muy serena.
Llora por haberse convertido en «hermana única»
contradicción en el término[55].

PEREGRINAZIONI

PEREGRINACIONES

Avrei voluto capire fino in fondo
senza alcun dubbio
chi nella casa affittata a Creta
avesse mangiato quella pera
in maniera così rispettosa e perfetta
lasciando il torsolo
scarno e simmetrico
nel posacenere sul tavolino
mentre noi quattro riposavamo
in due stanze separate
per evitare le ore più calde.

Resta altrettanto arcana
una vicenda in barca.
Dopo una navigazione notturna
mi ero alzata ansiosa
per controllare la cabina dei ragazzi
la cui porta avevamo sicuramente chiuso
prima di andare a letto.
Dormivano sotto la prua
solo che la porta era spalancata,
tenuta ferma da un gancio lucido
per evitare che sbattesse e desse fastidio.
La cabina era piena di luce,
il lenzuolo sgualcito era diventato
una sorta di cima bianca
che legava confusamente i due corpi.

Me hubiera gustado entender del todo
sin margen de duda
quién en la casa alquilada en Creta
se había comido esa pera
de manera tan respetuosa y perfecta
dejando el corazón
descarnado y simétrico
en el cenicero de la mesa de café
mientras los cuatro descansábamos
en dos habitaciones separadas
para evitar las horas más calurosas.

El mismo arcano presenta
lo sucedido en el barco.
Tras una navegación nocturna
me levanté ansiosa
para revisar el camarote de los chicos
cuya puerta indudablemente habíamos cerrado
antes de irnos a la cama.
Dormían bajo la proa
solo que la puerta, abierta de par en par,
estaba sujeta por un gancho brillante
para evitar que diera golpes y molestara.
El camarote estaba lleno de luz,
la sábana arrugada se había convertido
en una especie de cumbre blanca
que vinculaba confusamente los dos cuerpos.

Lungo la costa orientale (mai vista)
passo in fretta in treno
andando indietro
sempre allontanandomi
dai giunchi affilati,
dal mare tenue – un po' torbido –
e dalla gente in acqua e in spiaggia
(insieme a qualche macchina posteggiata sulla
*   sabbia).*
Si gode, ciascuno, una calda domenica assolata
a fine settembre
sagome fisse – a me sembrano –
davanti a un loro infinito.

Siguiendo la costa oriental (no vista hasta ahora)
paso rápido en tren
yendo hacia atrás
alejándome cada vez más
de los juncos afilados,
del mar tenue —algo turbio—
y de la gente en el agua y en la playa
(junto con algunos coches aparcados en la
    arena).
Disfrutan, todos, de un domingo cálido y soleado
a finales de septiembre
siluetas fijas —eso me parecen—
frente a su propio infinito[56].

Finalmente il piacere
di tornare poi lasciare
alla stazione della mia infanzia
mio padre che trascina la valigia fino al binario
mia madre che mi guarda serena dalla macchina
per evitare le pozzanghere.
Salgo sulla carrozza
e ritrovo il paesaggio frastagliato
coperto di neve
casette di legno
calette
promontori privati
a due passi, inavvicinabili.
La ferrovia sfiora l'oceano
sotto il cielo alabastro
che rende scuro
un ruscello irrequieto.

El placer por fin
de volver y abandonar luego
la estación de mi infancia
mi padre que arrastra la maleta hasta el andén
mi madre que me mira serena desde el coche
para evitar los charcos.
Monto en el vagón
y he aquí de nuevo el paisaje quebrado
cubierto de nieve
casitas de madera
calitas
promontorios privados
a dos pasos de distancia, inaccesibles.
El ferrocarril roza el océano
bajo el cielo alabastro
que vuelve oscuro
un arroyo inquieto.

Ammiro in aereo
due donne
sedute appena
davanti e dietro di me.
Una magra, struccata, avvolta
in un poncho nero con la frangia fitta –
le dona quel tendone funebre –
e nei capelli lunghi e scompigliati.
L'altra bionda, più attenta
stivali alti di camoscio
coda bassa di cavallo alla nuca.
La prima, assorta, non parla.
La seconda invece
scalpita tutto il tempo,
prima perché non le fanno usare il bagno
durante il decollo
poi perché un signore
appena atterrato
si mette bruscamente in piedi per sbarcare
perciò mormora che cavolo di modo.

Admiro en el avión
a dos mujeres
sentadas justo
delante y detrás de mí.
Una delgada, sin maquillar, envuelta
en un poncho negro con flecos gruesos
—le sienta bien ese toldo funerario—
y en el pelo largo y desordenado.
La otra rubia, más atenta
botas altas de ante
cola de caballo baja en la nuca.
La primera, absorta, no habla.
La segunda en cambio
impaciente todo el rato,
primero porque no la dejan usar el baño
durante el despegue
luego porque un señor
nada más aterrizar
se pone bruscamente de pie para el desembarque
así que murmura *qué mundo de las narices*.

Borgo Pinti sembra scolpita
da una traiettoria d'acqua preistorica
stretta e sinuosa
scevra di traguardo.
Sentiero grigio introspettivo
marciapiede snello e rigido
quanto il dorso di un libro
inciso a spina con
frecce a destra e a sinistra.
Alle strisce il signore spilungone
vedendomi indugiare
si spazientisce
domandandomi
sì o no?
Ha detto Pessoa
la morte è la curva della strada.

Borgo Pinti parece esculpido
por una trayectoria de agua prehistórica
estrecha y sinuosa
carente de meta.
Sendero gris introspectivo
acera esbelta y rígida
como el lomo de un libro
grabada en espiga con
flechas a izquierda y a derecha.
En el paso de cebra un señor larguirucho
al verme vacilar
se impacienta
preguntándome
¿sí o no?
Como dijo Pessoa
la muerte es la curva del camino[57].

La signora veneziana
il cui negozio desolato
resta aperto pare
troppo illuminato.
Entro e frugo
davanti alla cassa
tra una selezione
di piccoli cuori di vetro
a vanvera nel vassoio.
Ne scelgo sei diversi,
cinque per le amiche di mia figlia
e l'ultimo, all'ultimo, per lei.
Alla signora, mentre confeziona,
penso di chiedere uno sconto
ma mi trattengo
benché lei mi dia del tu.

La señora veneciana
cuyo malbaratillo desolado
permanece abierto parece
demasiado iluminado[58].
Entro y rebusco
frente a la caja
entre una selección
de pequeños corazones de cristal
al azar en la bandeja.
Elijo seis diferentes,
cinco para las amigas de mi hija
y el último, por último, para ella.
A la señora, mientras los envuelve,
quisiera pedirle un descuento
pero me contengo
por más que ella me tutee.

A Via Luzzati 8 provo a scegliere
un medico di base per sostituirne
uno scomparso, disponibile all'ultimo
il giorno che Noor che
giocava a badminton
aveva preso dal volano una botta nell'occhio.
Niente di grave, disse, raccontandoci però
del pericolo del Capodanno
e degli occhi persi quando il tappo parte violento.

Mi chiede allo sportello
un contratto di lavoro
e quando rispondo di essere scrittrice
mi guarda poco convinto.
In seguito, scambio di breve durata
intriso di intolleranza.
ASL all'orecchio anglofono
sarebbe anche una parolaccia.

En Via Luzzati 8 trato de elegir
un médico de cabecera para reemplazar
a uno desaparecido, disponible en el último momento
el día que Noor
jugando al bádminton
recibió un golpe en el ojo con el volante.
Nada grave, dijo, hablándome, eso sí,
del peligro de Nochevieja
y de los ojos perdidos cuando el corcho sale violento.

Me pide en el mostrador
un contrato de trabajo
y cuando respondo que soy escritora
me mira no muy convencido.
A continuación, intercambio de corta duración
impregnado de intolerancia.
ASL[59] para un oído angloparlante
podría ser incluso una palabrota.

Cosa avrei fatto
scesa alla fermata sbagliata
in un posto sconosciuto
in attesa dell'autista
sotto la pioggia
se non ci fosse stato
un libro da tirare fuori dalla borsa?

Una volta in macchina
perché in lacrime
a vedere le strade
tempestate di foglie gialle, bagnate,
ognuno anchilosato
come un crampo
che sfigura, di notte, il piede?

¿Qué hubiera hecho yo
tras bajarme en la parada equivocada
en un lugar desconocido
a la espera del conductor
bajo la lluvia
de no haber tenido
un libro que sacar del bolso?

Una vez en el coche
¿por qué las lágrimas
al ver las calles
salpicadas de hojas amarillas, mojadas,
cada uno anquilosado
como un calambre
que desfigura, por la noche, el pie?

Al Mar Morto, punto più basso
del mondo, penso a mio padre
al supermercato.

Spingeva il carrello
verso la frutta marcia e scontata,
Mele ammaccate, banane
piene di nei.

Contegno suo, testardo e scrupoloso,
che mi imbarazzava molto.

Anni dopo in un albergo di lusso
inserisco nel mini-frigo
dell'uva sporca e morbida
portate da Trastevere.

Anche questa va mangiata,
prima però separo ogni chicco dal raspo.
Liberati dalla struttura appiccicosa
consumarli è meno faticoso.

En el mar Muerto, el punto más bajo
del mundo, pienso en mi padre[60]
en el supermercado.

Iba, empujando el carrito,
hacia la fruta estropeada y rebajada,
Manzanas magulladas, plátanos
llenos de lunares.

Un comportamiento muy suyo, terco y escrupuloso,
que me avergonzaba mucho.

Años después en un hotel de lujo
metí en la mininevera
algo de uva sucia y blanda
traídas[61] de Trastévere.

Esta también hay que comérsela,
pero antes separo cada grano del escobajo.
Liberados de la estructura pegajosa
consumirlos es menos dificultoso.

Nel deserto arabo
rosso e sterminato
prego che niente
succeda a nessuno.
Sotto le stelle
(mai viste così tante)
spero di sfuggire
alle emergenze:
niente male di testa o
di pancia, per favore
niente febbre alta,
scivolata o ferita,
nessun grumo che
punti verso il cervello
o l'intestino, nessun
batterio cattivo.
Dentro la tenda
sferzata dalla sabbia
color paprika
tengo d'occhio
le sciagure e aspetto
che il vento si calmi.
In quel silenzio assoluto
credo in dio, supplico
quel cielo caotico
che fino all'alba
il malessere abbia pazienza.

En el desierto árabe
rojo y descomunal
rezo para que a nadie
le pase nada.
Bajo las estrellas
(nunca había visto tantas)
espero librarme
de las emergencias:
nada de dolor de cabeza[62] o
de tripa, por favor
nada de fiebre alta,
resbalones o heridas,
que no haya grumos que
se dirijan al cerebro
o a los intestinos, ninguna
bacteria aviesa.
Dentro de la tienda
azotada por la arena
color pimentón
no pierdo de vista
los desastres y aguardo
a que el viento se calme.
En ese silencio absoluto
creo en dios, suplico
a ese cielo caótico
que hasta el amanecer
el malestar tenga paciencia.

Una volta mi emozionava l'aeroporto,
territorio transitorio di nessuno
a cui appartenevo anch'io.

A Fiumicino però ogni tanto
sto malissimo, tradita dal passaporto, dal volto,
classificata in un secondo solo.

Crepuscolare mi pare
il controllo di sicurezza,
togliendomi l'anima insieme alla scarpa.

Acqua lustrale il profumo
made in Italy che spruzza la signora
importuna a caccia di ogni forestiera.

Così divento un defunto,
non esiste l'autrice di questi versi,
viene annientata dalle loro conclusioni.

Quel Taxi, Lady al rientro
per riportarmi a Via Dandolo
chiude il cerchio.

En tiempos me emocionaba el aereopuerto[63],
territorio transitorio de nadie
al que yo también pertenecía.

En Fiumicino, sin embargo, de vez en cuando
me siento fatal, traicionada por el pasaporte, por la cara,
clasificada en un segundo apenas.

Crepuscular me parece
el control de seguridad,
quitándome el alma junto con el zapato.

Agua lustral el perfume
made in Italy que desprende la señora
importuna a la caza de toda forastera.

Así me convierto en un difunto,
no existe la autora de estos versos,
aniquilada por sus conclusiones.

Ese *Taxi, Lady* al regreso
para llevarme de vuelta a Via Dandolo
cierra el círculo.

Paesaggio inglese parabole
basse erba verde vivace
mantello pallido cielo indeciso
divulga dubbi. Prima fioritura
a tratti sui rami.

Paisaje inglés parábolas
rasas hierba verde vivaz
manto pálido cielo indeciso
divulga dudas. Primera floración
a trechos en las ramas.

Mandava il figlio di sei anni
alla stessa scuola di Noor
la mamma di un bambino
persa nello schianto
sei minuti dal momento
del decollo da Addis Abeba.
Leggo della tragedia in piazza
prima di fare la spesa con i soldi prestati
da Liana per non farmi risalire a casa
visto che avevo dimenticato il portafoglio,
particolare che forse non c'entra, che serve però
a dare rilievo al senso di vivere.
Ero in viaggio lo stesso giorno,
e sulla pista mi terrificava
il vento che spingeva l'erba lunghetta,
sembrava fumo che fuggiva all'inferno.
Abbiamo aspettato parecchio,
l'aereo davanti a noi
nel prendere quota
aveva colpito un uccello
e bisognava pulire il detrito.
C'era anche un insetto
che svolazzava dentro,
intorno al mio posto,
svegliato dal motore.
Per evitare il fastidio
ho abbassato cautamente il pannello
del finestrino incastrandolo
in quell'ovale
davanti al vuoto.
Stai attenta aveva detto mia madre
dopo che ero arrivata a Londra, città natale,
all'inizio della settimana.
Parlava di una specie di vento
che portava via le persone.

Llevaba a su hijo de seis años
al mismo colegio que Noor
la madre de un niño
muerta en el estallido
seis minutos después del
despegue desde Adís Abeba.
Me entero de la tragedia en la plaza
antes de hacer la compra con el dinero prestado
por Liana para no tener que subir otra vez a casa
dado que me había olvidado la cartera,
detalle que quizá nada tenga que ver, pero que sirve
para dar relieve al sentido de la vida.
Yo estaba de viaje ese mismo día
y en la pista me aterrorizaba
el viento que impulsaba la hierba alargada,
parecía humo huyendo al infierno.
Estuvimos esperando bastante,
el avión de delante,
al ganar altura,
había embestido un pájaro
y hubo que limpiar los restos.
También había un insecto
que revoloteaba por dentro,
alrededor de mi asiento,
despertado por el motor.
Para evitar molestias
bajé con cuidado la apertura
de la ventanilla encajándola
en ese óvalo
frente al vacío.
Ten cuidado, me había dicho mi madre
después de llegar a Londres, ciudad natal[64],
al principio de la semana.
Hablaba de una especie de viento.
que se lleva consigo a las personas.

L'albergo di Ravenna
a due passi dalla tomba di Dante
era una volta un orfanotrofio.

Sento l'aria dell'abbandono
anch'io appena entrata nella stanza
per appoggiare la valigia.

Durante la permanenza in quella città in pianura
un mobile amato a Brooklyn viene rubato.

Bell'oggetto di legno, specie di trono
che ci salutava nell'ingresso
con ganci di ferro per accogliere il cappotto.

La panchina, su cui quasi nessuno si sedeva
custodiva il groviglio di sciarpe e cappelli
variopinti quando i ragazzi erano piccoli.
Uno specchio di vetro intaccato
a forma di diamante era posizionato
per riflettere male chi si guardava un attimo.

È stato venduto per sbaglio (dalla nostra inquilina
sotto trasloco che smaniava di sbarazzarsene del
     tutto)
a due studenti di Medicina dietro l'angolo.
Io di ritorno di passaggio novembre scorso
ho notato subito l'assenza dell'arredo,
ero salita a consegnare la posta al nuovo
     affittuario.

Priva della sentinella che abitava
in fondo alle scale mi è sembrata
una casa sbilenca, alla deriva.

El hotel en Rávena
a tiro de piedra de la tumba de Dante
fue en otros tiempos orfanato.

Siento el aire del abandono
nada más entrar en la habitación.
para dejar la maleta.

Durante mi estancia en esa ciudad de llanura
nos roban un muy querido mueble en Brooklyn.

Hermoso objeto de madera, especie de trono
que nos recibía en el vestíbulo
con ganchos de hierro para acoger el abrigo.

El banco, en el que casi nadie se sentaba,
era guardián de la maraña de bufandas y gorros
variopintos cuando los niños eran pequeños.
Un espejo de cristal mellado
en forma de diamante permitía
verse mal reflejado a quien se miraba un momento.

Fue vendido por error (por nuestra inquilina
en plena mudanza ansiosa por deshacerse de
    todo)
a dos estudiantes de Medicina a la vuelta de la esquina.
Yo aparezco de paso el pasado noviembre
y noto de inmediato la ausencia del mueble,
había subido a entregarle el correo al nuevo
    arrendatario.

Privado del centinela que vivía
al final de las escaleras me pareció
una casa destartalada, a la deriva.

Ho fatto di tutto per ricuperarlo,
giri angosciati di messaggi
inviati da Roma, troppo lontana.

Lo studente l'ha riportato come d'accordo
nessuno però gli ha aperto o aiutato perciò
dopo aver aspettato
un pochino se n'è andato.

Nostro povero Giano lasciato per strada
pigliato da qualcuno che passava.
Sconsolata nell'albergo-orfanotrofio
la telefonata disorientata da mia madre
    oltreoceano
mi fa sentire ancora una figlia degenere.

Hice de todo para recuperarlo,
angustiosas rondas de mensajes
enviados desde Roma, demasiado lejana.

El estudiante lo devolvió como acordado
pero nadie le abrió ni le ayudó, por lo que
después de esperar
un rato acabó yéndose.

Nuestro pobre Jano abandonado en la calle
recogido por alguien que pasaba.

Desconsolada en el hotel-orfanato
la desorientada llamada telefónica de mi madre
    al otro lado del océano
aún hace que me sienta una hija desnaturalizada.

L'ospedale stava dietro le tue spalle
di là dalla vetrata della tavola calda
dove raccontavamo amori
malsani l'una all'altra.

La struttura vasta e grigia
in mezzo alla vallata piovosa
mi incuriosiva perciò
mi sono avvicinata
per chiederti cos'era
ignara del fatto che lì
avremmo trascorso
insieme la notte fonda.

Sarà stato lo scambio
vertiginoso, quell'esumazione
a vicenda a provocare la perdita
repentina delle forze?

Nella stanza piccola
sono entrate delle persone
per portarmi via.
Stivali, la sciarpa –
cosa serviva? Sono scesa seduta sentendomi
una sposa ebrea. Al bar
allegro, bianco e nero,
mi aspettava la barella.
Sciolti i meccanismi
per sollevare, spostare,
infilare un corpo stremato.

Al pronto soccorso
quello dal volto
quattrocentesco
mi guardava inquieto.

El hospital quedaba a tus espaldas
más allá del ventanal de la casa de comidas
donde nos contábamos amores
malsanos la una a la otra.

La vasta y gris estructura
en medio del valle lluvioso
me despertaba curiosidad así que
me acerqué
para preguntarte qué era
sin saber que allí
pasaríamos
juntas buena parte de la noche.

¿Habrá sido el intercambio
vertiginoso, esa exhumación
mutua, lo que causó la pérdida
repentina de las fuerzas?

En la pequeña habitación
entraron unas personas
para sacarme de allí.
Botas, la bufanda —
¿para qué servía? Bajé pues sentada sintiéndome
una novia judía. En el bar
alegre, blanco y negro,
me estaba esperando la camilla.
Aflojados los mecanismos
para levantar, desplazar,
insertar un cuerpo exhausto.

En urgencias
uno con rostro
del siglo quince
me miraba con inquietud.

Mi dispiaceva rinunciare
alla coperta di lana
dell'ambulanza.

Io con latebre ero in pensiero
per Calvino ricoverato e scomparso
nello stesso luogo.

Mi eri davanti finché subivo
il malore, lavoravi tutto il tempo
febbrile anche tu.

Lamenté renunciar
a la manta de lana
de la ambulancia.

Yo con latebras[65] no dejaba de pensar
en Calvino hospitalizado y fallecido
en ese mismo lugar.

Estuviste ante mí mientras sufría
la indisposición, trabajabas todo el rato
febril tú también.

Non ho più paura
di lasciare Roma
dico a me stessa
pur osservando in terrazza
una specie di vite
invasiva il cui
incremento spaventoso
si attacca implacabilmente
alla lastra di marmo
che la sostiene, che fa
da sfondo funebre,

i cui tralci si allungano come cavi
rossastri dell'alta tensione e
assomigliano alle code brutte
e vitali dei ratti.

La crescita era spuntata
attorno all'albero di Natale
di quest'anno sabbatico
(stecchito entro primavera),
coprendolo. Man mano le foglie
si sono ingiallite, avvizziate
dopo un maggio
particolarmente piovoso.

A giugno persistono
solo i rametti veloci
e ostinati, strisciano
sempre indirizzati,
e se in questi giorni perituri
Alberto mi consiglia di potarli
(taglio che prima o poi farò)
rabbrividisco, che le righe malvagie
si trasformano nelle vene
che si diramano selvatiche
dentro di me.

Ya no tengo miedo
de marcharme de Roma
me digo a mí misma
pese a observar en la terraza
una especie de vid
invasiva cuyo
aterrador incremento
se aferra implacablemente
a la losa de mármol
que la sostiene, que hace
de trasfondo funerario,

cuyos pámpanos se extienden como cables
rojizos de alto voltaje y
asemejan a las colas feas
y vitales de las ratas.

El crecimiento había aparecido
alrededor del árbol de Navidad
de este año sabático
(resecado al final de la primavera),
cubriéndolo. A medida que las hojas
amarilleaban, malchitas[66]
después de un mayo
particularmente lluvioso.

En junio persisten
tan solo las ramitas rápidas
y obstinadas, se arrastran
todavía en una dirección,
y si en estos días perecederos
Alberto me aconseja podarlas
(cortes que tarde o temprano haré)
me estremezco, pues las líneas malvadas
se transforman en las venas
que se ramifican salvajes
dentro de mí.

OSSERVAZIONI

OBSERVACIONES

Mai detto al barista
quant'è gradito
il calore del vetro
di un bicchiere
d'acqua fredda
stillante
che mi versa veloce
col dito piegato
intorno al rubinetto.

Nunca le he dicho al camarero
cuánto agradezco
el calor del cristal
de un vaso
de agua fría
goteante
que me sirve apresurado
con el dedo doblado
alrededor del grifo.

Fine novembre porta
la pigrizia, forza spudorata
che stronca le abitudini.

Il corpo appisolato
vuol stare fermo,
rallentare e riempirsi
di dolci e del vapore
che sale agitato, arzigogolato,
da una tazza appena versata di tè.

La lampada sul comodino
acceso fino all'ora di pranzo
trasmette languore,
insiste sullo spreco.

Vortice entropico,
santo riposo
senza malessere
perdita benedetta
del controllo.

Finales de noviembre acarrea
la pereza, fuerza descarada
que quiebra las costumbres.

El cuerpo adormecido
opta por quedarse quieto
desacelerar y hartarse
de dulces y del vapor
que se alza turbulento, enrevesado,
de una taza recién servida de té.

La lámpara en la mesita de noche
encendida hasta la hora de comer
transmite languidez,
insiste en el despilfarro.

Vórtice entrópico,
santo descanso
sin malestar
pérdida bendita
de control.

Domanda o risposta
se alzo la mano mentre dormo?
Perché intervengo,
a chi mi rivolgo?
Gesto imparato alle elementari
per capire meglio, o per replicare a
qualche cosa.
Oggi mi chiedo solo perché
il braccio si sposta in su
finché il sangue non lo raggiunge.
Brutto svegliarmi
e rendermi conto
di quel peso morto,
arto piombato,
zavorra esanime.

¿Es pregunta o respuesta
si levanto la mano mientras duermo?
¿Por qué intervengo,
a quién me dirijo?
Gesto aprendido en primaria
para comprender mejor o responder a
algo.
Hoy solo me pregunto por qué
el brazo se desplaza hacia arriba
hasta que la sangre lo alcanza.
Mala cosa despertarme
y cobrar conciencia
de ese peso muerto,
miembro aplomado,
lastre exánime.

Dieci minuti da ammazzare
prima di entrare nel cinema.
Giornata tiepida di dicembre.
Attraversiamo la piazza
saccheggiata a quell'ora
e sbocchiamo in una traversa foderata
di vetrine che provocano
desideri acuti e spontanei:
sfogo acuto d'ispirazione
puramente materialistico.
Voglio tutto:
prurito senza fondo.

Diez minutos que matar
antes de entrar en el cine.
Tibio día de diciembre.
Cruzamos la plaza
saqueada a esas horas
y acabamos en una trasversal forrada
de escaparates que provocan
deseos agudos y espontáneos:
agudo desahogo de inspiración
puramente materialista.
Lo quiero todo:
prurito sin fondo.

Ogni riga è discontinua
Tanto effimera quanto netta
come l'orizzonte ardente
sottolineato dall'alba.

Toda línea es discontinua.
Tan efímera como nítida
cual el horizonte ardiente
enfatizado por el amanecer.

Specie di estasi:
sole invernale
sulla pelle,
negli occhi.

Odiate invece le mele
troppo grandi
che pizza mangiarle intere,
anche la goccia d'acqua
subdola che scorre
(dopo mi lavo il viso)
giù dalla mano
lungo il polso
fino alla piega del gomito.

Una suerte de éxtasis:
sol invernal
en la piel,
en los ojos.

Odiadas, en cambio, las manzanas
demasiado grandes
qué lata comérselas enteras,
también la gota de agua
ladina que se desliza
(después me lavo la cara)
mano abajo
siguiendo la muñeca
hasta el pliegue del codo.

Se ci fosse una fata
tutta mia
che mi accudisse
e non facesse altro
che spazzare via tutti i fastidi
vorrei che si occupasse della penna
accanto al letto
che mi sfugge ogni volta
che ne ho bisogno.

Si hubiera un hada
toda mía
para cuidar de mí
y no hiciera nada más
que barrer todas las molestias
ojalá se hiciera cargo del bolígrafo
al lado de la cama
que me rehúye cada vez
que lo necesito.

Certo che sarò anch'io un giorno
come lei che scendeva
sotto la pioggia
con difficoltà in Via Luigi Santini
a passo lento e
con la mano scoperta
che cercava l'appoggio
di un palo stradale
gambo di metallo.
Spuntava sghembo
verso il traffico
come se perfino lui
assai brutto e fisso
avesse da fare.

Claro que algún día yo también seré
como ella cuando avanzaba
bajo la lluvia
con dificultad por Via Luigi Santini
a paso lento y
con la mano descubierta
que buscaba el apoyo
de un poste callejero
vástago de metal.
Brotaba torcido
hacia el tráfico
como si incluso él
tan feo y fijo
tuviera algo que hacer.

Il fiume stamattina
battuto dalla tempesta
sembra una piastra
color salvia chiazzata
di isole pallide
e disabitate.

El río esta mañana
sacudido por la tormenta
parece una plancha
color salvia moteada
de islas pálidas
y deshabitadas.

Alle quattro del mattino
ora in cui neanche il buio si tiene
l'universo consiste di tre suoni distinti.

In primo piano il respiro di mio marito
la cui mano è stata punta di recente
da qualche ragnetto.

L'accompagnamento è il ticchettio
dell'orologio sul comodino:
battito benevolo, metronomo
zoppicante della vita.

Il cinguettare dei pappagalli
appena svegli nelle palme
il coro in sottofondo.

A las cuatro de la madrugada
hora en la que ni la oscuridad siquiera se sostiene
el universo consta de tres sonidos distintos.

En primer plano la respiración de mi marido
a quien hace poco picó en la mano
alguna araña.

El acompañamiento es el tictac
del reloj de la mesilla de noche:
latido benévolo, metrónomo
renqueante de la vida.

El gorjeo de los papagayos[67]
recién despiertos en las palmeras
el coro de fondo.

Tra le commissioni spinose:
il fax inviato dal tabaccaio
con lo scopo di richiedere in ritardo
miglia mai inserite all'aeroporto.
Che fastidio compilare poi stamparmi
il modulo, attaccare con lo scotch
le due carte d'imbarco conservate.
Non è che riesca mai a guadagnarmi
un biglietto in omaggio
o regalarne uno a qualcuno.
Eppure faccio.

Dopo pranzo, lo stesso giorno
telefonata per correggere
il numero civico sulla bolletta elettrica,
cosa che il portiere, ogni volta che me la consegna
mi consiglia di fare per evitare
problemi in futuro.

Entre los recados peliagudos:
el fax enviado desde el estanco
con el fin de solicitar con retraso
millas nunca registradas en el aeropuerto.
Qué lata rellenar y luego imprimirme
el formulario, pegar con papel celo
las dos tarjetas de embarque guardadas.
No es que consiga nunca ganar
un billete gratis
o regalar uno a alguien.
Sin embargo, lo hago.

Después de comer, ese mismo día
llamada telefónica para corregir
el número de portal en la factura de la luz,
cosa que el portero, cada vez que me la entrega,
me aconseja que haga para evitar
problemas en un futuro.

Madreperla il cielo di fine anno.
Strato nascosto per poco esposto.
Barlume breve in mezzo alla neve.

Madreperla el cielo de finales de año.
Capa oculta ligeramente expuesta.
Breve destello en medio de la nieve.

Spunta
la mattina in inverno
una seconda montagna sopra i castelli
romani, sembra sullo sfondo, forma cioè molto più alta,
con bordo drammatico, con delle cime e delle vette morbide ma maestose, con la
neve che copre qualche vallata, qualche conca bianca qua e là, spettacolo articolato inesistente.

Brota[68]
la mañana en invierno
cual segunda montaña sobre los castillos
romanos, parece al fondo, una forma, qué decir, mucho más alta,
con borde dramático, con cimas y cumbres suaves pero majestuosas, con la
nieve cubriendo algunos valles, alguna cuenca blanca aquí y allá, espectáculo articulado inexistente.

Ci mette un minuto,
il piccolo cumulo scuro
in forma di dio pagano
appoggiato sul gomito
reclinato languido
come Bacco a riposo
per passare tranquillo,
per tagliare il cielo
tumultuoso.

Le lleva un minuto,
al pequeño cúmulo oscuro
en forma de dios pagano
apoyado sobre el codo
reclinado lánguido
como Baco en reposo
el cruzar tranquilo,
para cortar el cielo
tumultuoso.

Stamane al bar
arriviamo per primi prima
del solito
ché sono in partenza.
Porta aperta,
chiuso e spento tutto il resto.
Serranda ancora da sollevare
latte da tirare
fuori dal frigo
grande macchina da far partire
come fosse un termosifone tanto
atteso, finalmente acceso
a Roma a metà novembre.
I cornetti di solito terminati
entro le undici riempiono
lo scaffale di vetro
foderato di carta (unta)
da forno.
Il ragazzo ci accoglie
in quelle tenebre mattutine
ci offre dell'acqua
mentre la macchina si scalda man mano
(Ecco quella frizzante, arriva il caffè)
mentre si sistema tutto
Ci parla in tono placato,
ogni gesto accompagnato
da due parole.
A quel banco disabitato,
spaesante, come certi letti sconfinati,
noi due
ci affianchiamo in mezzo spostando
il cestino di zucchero.
Quando paghiamo aspettiamo
perfino che la cassa
si svegli
e fuori il primo
freddo della stagione colpisce.

Esta mañana en el bar
llegamos los primeros antes
que de costumbre
porque me voy de viaje.
Puerta abierta,
cerrado y apagado todo lo demás.
Cierre metálico aún por levantar
leche aún por sacar
de la nevera
la gran máquina aún por arrancar
como si fuera un radiador muy
esperado, que por fin se enciende
en Roma a mediados de noviembre.
Los cruasanes que suelen acabarse
hacia las once llenan
el estante de cristal
forrado de papel (grasiento)
de horno.
El chico nos recibe
en esas tinieblas matutinas
nos ofrece agua
mientras la máquina se calienta poco a poco
(Aquí está el agua con gas, ahora viene el café)
mientras todo se arregla.
Nos habla con tono sosegado,
cada gesto acompañado
por dos palabras.
En esa barra deshabitada,
desorientadora, como ciertas camas inmensas,
nos arrimamos
los dos en el medio desplazando
la cestita de azúcar.
Cuando pagamos esperamos
que también la caja
despierte
y fuera el primer
frío de la temporada embiste.

NOTAS

[*Todas las notas que siguen son del original salvo los fragmentos entre corchetes, que ha añadido el traductor con el fin de aclarar alguna cuestión referida a la lengua italiana que en la versión original obviamente no es necesario explicar, o de ilustrar las soluciones adoptadas en la traducción. No se incluyen en cambio entre corchetes las equivalencias castellanas de los términos, para no recargar en exceso la lectura*].

1. Más adelante se mencionan una casa en Brooklyn, un viaje (quizá una infancia) a Calcuta, un aeropuerto de Boston (sin olvidar Siena, Nápoles, Milán, con mucha frecuencia Roma) y otros lugares que sin duda no corresponden a estas ciudades. Aparecen además poetas portugueses, reyes tailandeses, afiladores de cuchillos de Trastévere y una toponimia a veces oscura. La geografía sentimental y biográfica de esta autora no es fácil de organizar y resulta esquiva a la editora, que se limita a informar de que Londres abre también la siguiente sección del libro, dedicada a la desaparición de los objetos que habitan, a su vez, en lugares variados.

2. En el primer borrador de la transcripción para mi edición transcribí por error *chiesta*, «petición», en lugar de *chiesa*, «iglesia». Me pareció que, con una autora tan lingüísticamente poco ortodoxa, era difícil considerar el vocablo como trivial error tipográfico, eliminando automáticamente la *t*. Un vistazo al *Grande Dizionario della lingua Italiana* editado por Salvatore Battaglia me había instruido en las distintas acepciones históricas del algo anticuado término *chiesta*, en gran parte relacionadas con el significado del más moderno *richiesta*, «petición» en ambos casos, o, menos intuitivamente, «lamento» (por ejemplo, en Maquiavelo). Pensaba que Nerina podría haber adoptado un término poco común para «pequeña iglesia», incluido por Battaglia entre los posibles significados. En cambio, es probable que fuera yo quien quisiera reforzar el juego fonético con «rupestre». Este incidente de transcripción me llevó a aumentar mi atención a la caligrafía inusual de la autora, a cuya lengua me esfuerzo por permanecer lo más fiel que puedo [Al comentar un error que estuvo a punto de cometer, la editora comete inadvertidamente otro. En efecto, la acepción de «pequeña iglesia» no aparece en el Battaglia bajo el lema «*chiesta*» como afirma, sino en el inmediatamente sucesivo «*chiesuola*»].

3. Creo posible que se aluda aquí a la práctica vanguardista del *assemblage*, es decir, que tenga que ver con el *collage*, etcétera.

4. Es interesante aquí que falte el objeto real (una felicitación: «El mes en el que ensamblé *[la felicitación]* / para los trece años de Noor»). Una vez desaparecido del cuarto, debe haber desaparecido también del poema. Resulta evidente, en función de la sintaxis, que es el mes lo que está apoyado contra los libros de la habitación de Noor. En consecuencia, es un tiempo inconmensurable (y no solo un trozo de papel) lo que ha desaparecido, escapando del control de Nerina, en los versos que siguen.

5. Resulta difícil decir de qué se trata. ¿Recortes de papel o de tiempo?

6. He aquí un primer indicio biográfico: un viaje infantil a través de la India. De este texto se desprende claramente que la madre de Nerina está especialmente ligada a la ciudad de Calcuta, en la que tal vez se haya criado.

7. Esta posible referencia evidente a la tetralogía de Elena Ferrante podría ser de ayuda para establecer la cronología. Aunque puede ser que Lila, como los demás nombres mencionados hasta ahora, sea en cambio otra anónima figura biográfica, un dato extraído de la realidad.

8. He localizado la inusual ortografía de esta palabra en Dante, *Purgatorio* XII: «*Mostrava ancor lo duro pavimento / come Almeon a sua madre fé caro / parer lo sventurato addornamento*». [«Representava el duro pavimento/ comme Alcmeón fizo pagar tan caro / a su matre addorno desventurado». Se ofrece una traducción en castellano antiguo para justificar la elección del término en la traducción]. También me hace pensar en la duplicación de las consonantes que refuerzan el sonido de ciertas palabras en el dialecto romano.

9. Me resulta difícil establecer si grafías como «*in vano*» [alteración del vocablo italiano *invano,* que en la traducción se refleja de forma especular a través de la forma *envano* y no *en vano*] (o, más adelante, en la p. 206 «*male di testa*» sin la habitual elisión de la *e* [en la versión castellana «dolor de cabeza» frente al más habitual «dolores»]) son hipercorrecciones literales o descuidos relacionados con una escasa familiaridad con el italiano coloquial. Lo más probable, diría yo, es que Nerina preste mucha atención a la raíz (latina, escrita) de palabras y locuciones: su lengua nunca es del todo instintiva.

10. He decidido mantener esta manera errada de escribir el plural de «maleta» [en italiano es *valigie* y no *valige*] para reflejar uno de los raros pero significativos tropiezos de Nerina en italiano estándar. Es interesante que se produzca pocos versos después de la pregunta «¿Qué me obliga a atascarme de nuevo?». También es interesante que más adelante (p. 60) la palabra *valigie*, «maletas», aparezca correctamente escrita en el cuaderno.

11. Tal vez sea consciente Nerina del instinto de corrección de su lector (en este caso de la editora) y parece jugar con ello. Es difícil establecer si ha de mantenerse aquí *accertare*, «comprobar», o corregirse por *accettare*, «aceptar». Una oscilación dictada también por la ambigüedad del término *fregare* en el verso siguiente, que también se usa casi seguramente en el sentido material, «restregar», pero que asimismo alude sin duda al popular y figurativo «jugársela, engañar». [La traducción refleja esa ambigüedad con el término «distraída», jugando con sus significados de «entretenida» y de «sustraída»]. *Fregare* vuelve a aparecer más adelante, en esta sección, al final de la composición sobre el afilador, para traducir (de italiano a italiano) la expresión, evidentemente no italiana, de «cortar la garganta».

12. Nerina habla aquí de una mujer sin nombre que traducía sus palabras en italiano. Pero ¿qué palabras y de qué idioma? El añadido del adjetivo «primera» sugiere que a Nerina la traducía más de una persona. Entre líneas se entrevé que Nerina ha trabajado en más de un idioma. Lo que se desprende sin duda de estos versos es que, para ella, el haber sido traducida en italiano supuso una experiencia transformadora. Resulta interesante además que el original *rendere*, en una de sus acepciones, «verter», sea también un sinónimo de «traducir eficazmente» [y en ese caso el verso podría haberse traducido también como «la que me vertía en italiano»].

13. Miro una y otra vez el manuscrito y solo consigo leer una *a* final en esta palabra: *torna*, «vuelve», y no *torno*, «vuelvo». ¿Quién (o qué) vuelve? ¿El pendiente, o la experiencia de perderlo? ¿O es «el instante» del verso sucesivo? ¿O será la «Primavera» que «nunca vuelve» en Leopardi, en el poema que transcribo en la siguiente nota? Lo que está claro es que Nerina pudo haber escrito «vuelvo atrás» pero la claridad de su letra no me permite introducir enmiendas.

14. El efecto acumulativo en esta sección —una enumeración aparentemente infinita, evocada al azar, de objetos preciosos perdidos— impresiona no solo por la resonancia temática de «Desapariciones», sino también por la referencia al seudónimo de la autora en las *Remembranzas* de Leopardi, en las conmovedoras estrofas que cierran el poema en el que el autor llora la pérdida de la propia Nerina. La impresión de esta editora es que la autora, de manera análoga, está hablando no solo de la desaparición de ciertos efectos personales importantes para ella, sino también de un desconcierto existencial. Siento la necesidad, aquí, de trascribir los versos pertinentes de Leopardi:

> *¡Oh, Nerina!, ¿es que acaso de ti no oigo*
> *a estos lugares hablar?, ¿lejos acaso*
> *de mi pensamiento estás?, ¿adónde has ido,*
> *que aquí solo de ti la remembranza*
> *hallo, dulzura mía? No te ve*
> *ya esta tierra natal: esa ventana,*
> *desde la que tú me hablabas y donde*
> *brilla triste de la estrella la luz,*
> *desierta está. ¿Dónde estás, que ya no oigo*
> *tu voz sonar, como otrora los días,*
> *cuando solía toda voz distante*
> *de tus labios, al llegarme, mi rostro*
> *demudar? Otros tiempos. Ya tus días*
> *fueron, mi dulce amor. Pasaste. A otros*
> *el pasar por esta tierra es concedido,*
> *y habitar estas fragantes colinas.*
> *Mas rápido pasaste; y como un sueño*
> *fue tu vida. Aquí danzando; la frente*
> *de gozo relucía, y así en tus ojos*
> *ese osado imaginar, esa lumbre*
> *de juventud, que el hado en ti apagó,*
> *y yacías. ¡Ay, Nerina!, en mi ser*
> *reina antiguo amor. Si a fiestas a veces,*
> *si a reuniones acudo, para mí*
> *digo: oh, Nerina, a reuniones, a fiestas*
> *tú ya no acudes, tú ya no asistes.*
> *Si vuelve mayo, y ramitas y cantos*
> *llevan los amantes a las muchachas,*
> *digo: Nerina mía, a ti no vuelve*
> *nunca primavera, no vuelve amor.*
> *Cada día sereno, o bien ladera*
> *florida que miro, placer que siento,*
> *digo: Nerina ya no goza; ni aire,*
> *ni campos mira. Ah, tú pasaste, eterno*
> *suspiro mío: pasaste: y secuaz*
> *fiel de mi vago imaginar, de todos*
> *mis tiernos sentidos, tristes impulsos*
> *del corazón, la remembranza acerba.*

15. ¿Podría tratarse de un trance, en el sentido onírico y espiritualista del término? [juego de palabras en el verso original entre *trancia*, plural *trance*, «rodaja, rodajas», y *trance*,

«trance»]. La imagen de dos «trances» de este tipo, gruesos y aliñados con perejil, haría este lapsus (obviamente relacionado con las rodajas de pescado) particularmente surrealista, conectándolo con la precedente composición onírica.

16. Alberto de Lacerda (1928-2007), poeta portugués cuyos *77 poems* se publicaron en Londres en 1955 en una edición bilingüe, traducida al inglés por el sinólogo Arthur Waley. Lacerda impartió cursos de poesía en la Universidad de Boston en los años noventa y era un gran admirador de Fernando Pessoa.

17. Nos queda una duda en la línea de diálogo «¿qué pasa?, ¿qué pasa?». Nerina puede haberla sacado de la realidad de un tranvía romano y en ese caso el idioma compartido sería el italiano. En cambio, podría estar traduciendo para nosotros la expresión de un idioma diferente, compartido con el veinteañero. Lo que nos hace inclinarnos por esta segunda opción es la idea, expresada un poco antes, de ser un «miembro tácito» de la conversación, a diferencia de las demás personas presentes. Por lo tanto, el idioma podría ser con mayor probabilidad el bengalí o el persa, o incluso el portugués. El inglés quizá esté demasiado extendido para ser empleado en público sin miedo a ser entendido, como parece hacer ese veinteañero con gorro.

18. Esta es la única aparición de «via» con inicial minúscula, según el uso correcto en italiano. El resto de la toponimia romana, que aparece con frecuencia en la recopilación, presenta «Via» y «Viale» con inicial mayúscula. Es verosímil que Nerina adopte esas grafías de acuerdo con el uso en inglés (o en otro idioma tal vez). Por escrúpulo filológico, conservo esta única minúscula original. Es interesante señalar que en la edición previa de esta composición en la revista *Nuovi Argomenti*, al cuidado de Leonardo Colombati, «Via» aparece en cambio con mayúscula.

19. No es difícil comprender el significado de este desliz entre *facciate*, «fachadas», y *sfacciatagine,* «desfachatez», sobre todo si se tiene en cuenta lo deslumbrante que es la luz en via di San Francesco a Ripa, en Roma, cuando se alza por detrás de la iglesia a primera hora de la mañana.

20. La editora ha insertado estos términos, no sin cierta vacilación por su parte, y después de consultar uno de sus propios análisis de sangre para llenar el vacío en el manuscrito. En el cuaderno Nerina había dejado dos espacios en blanco, tal y como sigue: «... que saque _____ y _____».

21. Es casi seguro que lo que Nerina quiere decir aquí es *capelli*, «cabellos», y no *cappelli*, «sombreros». Sin embargo, mantengo la grafía, pese a que tan mínima alteración de la semántica la trastoque del todo. La duplicación intervocálica [de consonantes típica del dialecto romano] traiciona quizá la romanidad de Nerina, quien al fin y al cabo debe de haber escrito una notable parte de este libro en Roma. No debe confundirse con la geminación fonosintáctica, también romana [es decir, la pronunciación duplicada de la consonante inicial de una palabra por influjo de la anterior], que dicta el texto de *Forsennato*, «Trastornado», en la p. 84.

22. Se trata de una curiosa referencia de Bontempelli que, a diferencia de otras, aparece explícitamente entrecomillada.

23. Véase la nota inicial acerca de este objeto todavía conservado, en efecto, entre las páginas del cuaderno. Mi impresión es que no está tan amarillento, en el fondo, y que la autora se complace en insistir en el detalle del color como un nuevo reflejo de los muchos otros amarillos y dorados que aparecen en el texto.

24. Vuelve aquí la cuestión de los recortes, que se liga bien con el tema recién abordado de la desaparición, de la angustia de perder, de salvar. ¿Son acaso todos estos poemas recortes en el cuaderno de Nerina?

25. La referencia es a Sears, Roebuck & Company, la gran cadena estadounidense de otros tiempos que publicaba enormes catálogos de más de quinientas páginas en los que

ofrecía, a través de ilustraciones y más tarde fotografías, una amplia gama de productos, que incluía ropa, muebles y juguetes. Me pregunto si Nerina, amante de los recortes, arrancaría sus hojas para pegarlas en álbumes, tal como lo hacía Macabea, la protagonista, virgen, solitaria y muy esquiva de *La hora de la estrella*, la última novela de Clarice Lispector, publicada en 1977, dos meses antes de su muerte.

26. Yo diría que, al mismo tiempo, los zapatos son de color dorado, y son oro olvidado en el asiento. El acuerdo entre los dos adjetivos, que hace del primero potencialmente un nombre, permite a este poema relacionarse con el inmediatamente anterior sobre el amarillo y con los de la sección anterior sobre joyas y objetos de valor robados por el diablo, por los jerséis y por gente malintencionada. Véase también «Desembarazarse» en la p. 113.

27. [Como puede comprobarse, la palabra que da título al poema original italiano, *aiuole*, «arriates», incluye todas las vocales, y de ahí su contenido; para no perder el juego lingüístico en la traducción del título se ha incorporado un adjetivo. Nótese, además, que los poemas de esta sección, como corresponde al aroma lexicográfico de su título, *Acepciones*, van en orden alfabético en el original italiano, lo que no siempre ha podido mantenerse en la traducción].

28. En esta sección, la tasa de juegos lingüísticos disfrazados de erratas o deslices se eleva vertiginosamente. Aquí es evidente que la inexistente forma verbal *compaiano* es un juego de palabras que combina *comparire*, «aparecer», *y paio*, «par» [y que en la traducción se refleja con una no menos artificial separación de «a parecen» que subraya también el *par*], ya que la pareja de homógrafos *ambito*, de pronunciación llana, «anhelado», y de pronunciación esdrújula, *ámbito*, aparecen, de hecho, uno tras otro en el diccionario italiano [y cuya distinción puramente acentual se agrava además por el hecho de que en italiano no se marcan con tilde las esdrújulas].

29. [La anáfora del título del poema aparece en este primer verso del original italiano, cuyo juego lingüístico es imposible de reproducir del todo en la traducción. Téngase en cuenta, además, el juego de palabras del original entre *anafora* y *anagrafico*, es decir, del registro civil, claramente buscado, dado que, en rigor, la figura del primer verso es un calambur y no una anáfora].

30. Aquí no soy capaz de establecer, debo admitirlo, si Nerina ha escrito Solaria o Salaria. Valerio Magrelli, en su lectura de las pruebas, me señaló la probable errata. ¿Se trata de un lapsus tipográfico y freudiano de Nerina? *Solaria*, al fin y al cabo, es la revista florentina (1926-1936) en la que publicaron todos los poetas herméticos, una plataforma crucial para Eugenio Montale y Giuseppe Ungaretti, un círculo por el que no nutría grandes simpatías Umberto Saba. Aunque, desde luego, quede lejos de via Salaria, en Roma, una carretera estatal por la que probablemente Nerina haya paseado o caminado más de una vez.

31. [Juego de palabras del original irreproducible como tal en castellano, entre *forsennato*, «desquiciado, trastornado», pero que fonéticamente, a causa de la duplicación consonántica típica del habla romana ya explicada en la nota 21, suena parecido a *forse nato*, «quizá nacido», y un inventado y especular *forsemmorto*, es decir, *forse morto*, «quizá muerto», ese sí pronunciado directamente a la romana].

32. Encuentro esta composición de un solo verso al final de mi trabajo de edición. Al principio me pareció un mero apunte, de hecho, no un poema: escrito con un bolígrafo diferente, parece caído al azar en medio del cuaderno, casi ocultándose. Me ha parecido oportuno incluirlo en esta sección. [Para mantener el juego lingüístico en la traducción se ha tenido que alterar el segundo término].

33. Aquí «eso» se ve forzado a adoptar un papel gramatical que no le pertenece. Sin embargo, si tuviera que modificarlo, no sabría cómo hacerlo sin reescribir toda la estrofa.

Dejo pues esa lección, que además forma una suerte de terceto formado por dos eneasílabos con terminación aguda y un rítmico endecasílabo final.

34. Aquí Nerina atribuye un adjetivo poco usado para describir el metal precioso sin residuos a Primo Levi (1919-1987). La cita insertada en las últimas líneas se encuentra en el capítulo «Oro» de *El sistema periódico*.

35. Yo diría que, en este caso, el juego anagramático se produce entre *passamaneria*, «pasamanería», y *maniera*, «manera» [por lo que en el original aparece la forma incorrecta *passamaniera*, cuyo equivalente en castellano también lo es], tomando en consideración además el notablemente manierista y hasta barroco despliegue de posibles significados literarios, metafóricos, técnicos y científicos para el término en cuestión [en italiano, y no todos aplicables en castellano, que el poema va detallando].

36. Teniendo en cuenta el nombre de la hija, no cabe excluir que Nerina sea una hablante nativa de persa, en efecto, o que se haya criado como bilingüe (¿quizá entre el persa y el inglés?).

37. Una de las palabras incluidas en la lista que precede a la recopilación en sí misma. ¿Podría tratarse, tal vez, de un posible título? Véase la nota al texto, pp. 15-16. En todo caso, es de resaltar la atención de la autora no solo por los significados sino también por la historia de los lemas: tal nivel de información lexicográfica no se encuentra en los diccionarios corrientes. Más adelante se cita [en el original] el ilustre diccionario Devoto-Oli, pero aquí es probable que la autora haya vuelto a consultar el *Grande Dizionario della lingua Italiana* de Salvatore Battaglia.

38. Es interesante la falta de concordancia entre el sujeto masculino (*cammelli*, «camellos») y el atributo en femenino. Cabría enmendarlo como errata, cambiándolo por *liberi* [«vagabundos» en la traducción], si en el verso siguiente no se repitiera en *sbiadite*, «desvaídas». Es posible que Nerina se esté burlando de un problema de la morfología italiana, que no contempla una forma femenina de *cammello*. ¿Sería más correcto de verdad escribir *cammelle* [...] *libere* [«camellas [...] vagabundas»]? Es sabido que, a oídos de los no nativos, el género de las palabras que identifican animales y objetos es uno de los aspectos más oscuros y aparentemente arbitrarios de las lenguas romances. Más adelante, en el poema «Trashojar», un cortocircuito parecido afecta a la palabra «página», implícita en el último verso, pero reemplazada por «uno» en lugar de «una». En ese caso, sin embargo, el juego es probablemente entre la declinación femenina «una» y el indeclinable número «uno» que aparece, en efecto, en cada primera página.

39. Aquí «intacto» está sobrescrito encima de «fugaz». O al menos eso parece: admito que me encuentro ante un quid del texto. En virtud de la rima interna [asonante en castellano] opto por esta solución, pero considero necesario recoger la variante.

40. Palabra clave en una obra que recalca el tema de la pérdida.

41. Aquí se complica aún más el valor emotivo de oro, repetidamente perdido y luego intensamente buscado en el texto. [Este poema juega en distintos niveles con la palabra que le sirve de título, *Sbolognare*, pues en principio evoca fonéticamente la ciudad de Bolonia, *Bologna* en italiano, para demorarse luego en sus dos acepciones, «endilgar» y «desembarazarse». El término escogido en español obliga a sustituir la referencia fonética y recoge bien la segunda acepción y peor quizá la primera].

42. *Cioè*, «es decir», es otro calambur: me parece que está en lugar de *ciò è*, «eso es». Es de suponer que Nerina juega con la típica interjección romanesca *cioè*, utilizada precisamente por los jóvenes avispados que de todo se coscan.

43. De ahí surge el título que la editora ha decidido dar en última instancia a esta obra. [En cuanto al verbo que da título al poema, debería traducirse propiamente como «desplegar» o «abrir de par en par», pero dado que todo el poema discurre en torno al

prefijo *des-*, *s-* en italiano, se ha preferido recurrir a otra de sus acepciones que también se cita, y que encaja mejor con cuanto se dice en el texto].

44. Nerina, en esta ocasión, sin apartar la mirada de la tradición clásica, cita a Yeats traduciéndolo al italiano [se emplea en castellano la traducción de Antonio Rivero Taravillo]. Es difícil inferir de la composición si ha estudiado en un país anglófono, si ha estudiado literatura inglesa en Italia o en otro lugar, o si estudió a Yeats en otro idioma. La incertidumbre sintáctica del dístico inmediatamente posterior, con el emblemático *che* polivalente, corona el enigma, junto con el no uso del subjuntivo (por lo demás, no estrictamente necesario) en la siguiente estrofa.

45. Aquí, como en otros lugares, Nerina cita a Leopardi, a quien tal vez debe su nombre o seudónimo o *senhal*. Las jugarretas de la memoria tematizadas en estos versos (indicados como «líneas» de la autora, quizá por un anglicismo) abren una sección del libro menos jocosa y más severamente introspectiva. Volverán tanto el desasosiego por los objetos perdidos como las insidias turbulentas del lenguaje, si bien en una suerte de lírica saga familiar de tropiezos y accidentes dispersos entre mercados romanos, patios norteños (americanos quizá) y fragmentos de la India, Boston y Pompeya. A la Leda de Yeats y Ovidio harán eco la Cólquide de los Argonautas y de Pasolini, o la Clitemnestra de Esquilo y Savinio, en un ininterrumpido diálogo con fuentes literarias occidentales sin cronotopos demasiado precisos.

46. El color de este objeto, junto con los zapatos amarillos de la página 65, enlaza con los distintos objetos de oro del texto.

47. Es desconcertante que el objeto destinado a esa madre, no italiana sin duda, emerja de los tenderetes en torno a los que se concentra toda la toponimia repetida en gran parte de la recopilación, romana por encima de todo, a fin de cuentas. Señalo que, si hubiera tenido que ser yo, como editora, quien eligiera un título para el libro, tal vez habría escogido precisamente *Porta Portese*. El mercadillo, encrucijada de objetos en desuso perdidos y encontrados, es una metáfora muy convincente para estos versos. El nombre, además, vinculado al elemento arquitectónico que conecta las habitaciones de la casa y las áreas de la ciudad, resulta especialmente apropiado. Porta Portese no está lejos de la casa donde encontré el cuaderno en el que se basa esta edición, y no es de excluir que el espléndido escritorio de donde lo saqué provenga de esos puestos.

48. Aquí también, como antes, es casi seguro que Nerina quiere referirse a *capelli*, «pelo». Y, sin embargo, una vez más, considero que esta mínima oscilación ha de mantenerse. No es imposible, por lo demás, que este tío lejano y apuesto lleve grandes sombreros. Es de señalar que, en términos de datos de la realidad pura y dura, la autora nos concede tan solo los límites extremos de este hombre, desde los pies esqueléticos hasta el pelo o los sombreros en la cabeza.

49. No modifico el artículo femenino ya que aquí el sustantivo implícito es probablemente revista, no diario o periódico.

50. Sospecho que se hace referencia aquí a un pariente, protector y elusivo a la vez, tal vez incluso al padre de Nerina. En todo caso, se trata del tercer personaje masculino cuyo nombre empieza por la misma letra, tras su marido Alberto y el poeta Alberto de Lacerda.

51. ¿Una profesora? ¿Una empleada de la clase que fuera? Tal vez más bien una terapeuta, una psicóloga con una cita semanal.

52. Cabe señalar, en línea con el interés de Nerina por las coincidencias, el aire italiano de esta dirección. Habiendo yo misma vivido en Boston, puedo confirmar que existe efectivamente una calle con ese nombre en el barrio de Brookline. Es curioso que el barrio en sí mismo se llame casi como Brooklyn, el otro en el que la autora parece haber vivido (véase p. 37).

53. Parece posible concluir, a partir de los datos proporcionados en este poema, que Nerina es (o podría ser) más joven de lo que me pareció por la fotografía que encontré en

su escritorio. El recuerdo de la banda sonora de *Doctor Zhivago* identifica en efecto una infancia en los años sesenta. La grabadora de bobinas Akai que se menciona un poco más adelante corrobora la hipótesis. El resto del poema, en cambio, rehúye toda cronología.

54. Esta cita insertada en el texto proviene de *Léxico familiar* de Natalia Ginzburg.

55. Forzando la típica locución italiana («contradicción en los términos»), la autora habla de una contradicción terminal, que aparece solo al final, y no solo en las palabras. Para hacerlo, cambiando «términos» por «término», realiza en el lenguaje lo que sucede en los versos: un salto, de hecho, del plural al singular. La gramática es, por lo tanto, conmovedora, y significativamente la palabra forzada cierra el ciclo. La sección sucesiva invierte más que ninguna otra en la euforia geográfica de la misteriosa vida de la autora, cuyo cuerpo viajante ya ha aparecido en algunos poemas antes que en este último y cuyos múltiples y lejanos lugares ya han sido casi todos nombrados, con la excepción de los desérticos, que aparecen aquí de repente.

56. Se trata de una nueva y evidente referencia a Leopardi.

57. Recojo la estrofa en la que se incluye este verso de Fernando Pessoa: «La muerte es la curva del camino / morir es solo no ser visto. / Si escucho, oigo tus pasos / existir como yo existo».

58. Suponiendo que la ortografía de «iluminado» sea correcta, la única lectura gramatical de estos cuatro versos evoca una tienda iluminada y una señora que «parece» (y por lo tanto aparece) como la Beatriz del famoso soneto de Dante, «Tan noble...».

59. Tal vez resulte innecesario revelar a qué palabrota en inglés se refiere la autora [al mencionar las siglas de la Azienda Sanitaria Locale, ente público provincial del que dependen los centros de salud]. No obstante, sí considero útil señalar que se trata probablemente de la versión americana de la palabrota, dado que la británica debería, en todo caso, acortarse en ARSL. De cualquier modo, sigue siendo incierto si el inglés es realmente el idioma nativo de la autora, por más que posea sin duda un «oído anglófono», que mantiene en sus peregrinaciones italianas.

60. Tachado en el cuaderno: «Pienso en Baba en el supermercado». *Baba* es el apelativo cariñoso que usan los niños en Bengala Occidental para referirse al hombre que los ha engendrado. En la versión definitiva Nerina decide utilizar el término genérico en lugar de una palabra del lenguaje infantil.

61. La uva le ofrece a Nerina la oportunidad de volver a jugar una vez más con los misterios del género y el número [dado que en italiano se usa para referirse a esta fruta el singular con significado colectivo]. En concreto, en lugar de concordar el participio femenino singular de «uva», de hecho lo pluraliza como se haría, por ejemplo, en inglés [y en español], sin cambiar el género. Sin embargo, en la estrofa siguiente demuestra saber que «uva» es una sinécdoque de unidades masculinas, los granos. Es curioso que la fruta (desaparecida, comida, magullada) tenga un papel no secundario en esta recopilación, y que aparezca en varios poemas. Dicho esto, «traídas de Trastévere» podría tener un doble sentido para señalar la relevancia del barrio para Nerina, en el que claramente se alimenta.

62. Véase la nota 9 de la página 258. Además, es bueno considerar la locución italiana *niente male*, que en sí misma significa «no está nada mal». Por otro lado, hay aquí una obvia referencia al Mal, que se manifiesta en los pequeños malestares, pero no es pequeño en absoluto. [En italiano, el equivalente a «dolores de cabeza» es *mal di testa*, de ahí las consideraciones de la editora, de modo que la traducción ha intentado recoger parte de ese juego lingüístico con el menos frecuente «dolor de cabeza», en singular, de manera que *dolor* corresponda a *male*].

63. El hecho de que [en italiano] la abreviatura de *aeroplano* sea «aereo» y no «aero» (o que viceversa se diga precisamente *aeroplano* y no «aereoplano») siempre me ha llama-

do la atención. Me pregunto si Nerina (como también muchos hablantes nativos de italiano, por otra parte) era consciente de esta extraña regla, que distingue el *aereo*, avión, de la primera persona del verbo *aerare*, airear. Reconozco que no he corregido esta grafía como un error solo para poder incluir la presente nota. Un poco más adelante, en esta misma sección, la alteración de *pannello*, «panel», escrito como *panello* es también un error interesante: un *panello* es un pan pequeño, naturalmente, o un bloque de residuos del exprimido de semillas oleaginosas utilizado como fertilizante o combustible. [Llama la atención esta nota, pues da a entender que el original italiano debiera rezar aquí *aereoporto*, pese a ser voz incorrecta, cuando aparece en cambio la versión correcta, *aeroporto*, así como más adelante (véase p. 212) *panello* y no el más lógico *pannello*. Quizá no sea aventurado pensar que en el texto manuscrito que vio la editora fuera efectivamente así en ambos casos y que un corrector puntilloso lo enmendara para ceñirse, inflexible, a la norma. Para devolver el sentido a esta nota nos atrevemos a introducir en la traducción la versión con la etimología popular «aereopuerto», y en el poema de más adelante jugar con «apertura» en vez de «abertura»].

64. ¿Quién nació en Londres, Nerina o su madre? No cabe saberlo. Más tarde, en el siguiente poema, al hablar de una casa en Brooklyn en la que evidentemente vivió durante mucho tiempo la autora genera más confusión aún: ¿no era en Boston donde había pasado la mayor parte de su presumible vida estadounidense?

65. Que emplee este término de escaso uso y algo rebuscado es sorprendente. A primera vista, en el cuaderno me pareció leer *la febbre*, «la fiebre», pero un análisis más detenido de la caligrafía revela sin lugar a dudas la palabra *latebre*, utilizada por Tasso y Leopardi, este último en particular para designar las cuevas en las que se refugió Eco. Una latebra no es necesariamente un escondrijo material: puede ser un recoveco de la mente, un pliegue en la memoria. El poema, evidentemente ambientado en el hospital sienés donde falleció Italo Calvino, tal vez esté aludiendo al peligro de recordar y confesarse, aunque sea entre amigas.

66. Vuelven los *portmanteau* o acrónimos de Nerina, esta vez mezclando *avvizzite* «marchitas», y *viziate*, «malcriadas». [La traducción en castellano incluye un término que funde ambas palabras]. La *lectio facilior* de un subjuntivo exhortativo de *avvizzire* en segunda persona plural (dirigido quizá a las propias hojas) resulta verosímil en realidad teniendo en cuenta el contexto. Con este poema concluye la que quizá sea la sección más trágica e inquieta de la recopilación, que continúa con el *allegretto* de composiciones más ocasionales y embelesadas, envueltas a menudo en los vapores de bares que tanto le gustaban al poeta Giorgio Caproni.

67. El diccionario Treccani, con una específica ventana de profundización ilustrada, me sugiere que para referirnos al canto de los papagayos lo correcto sería decir chirrido o chillido, no gorjeo. Desconozco si Nerina tuvo presente semejantes sofisterías, pero me gusta pensar que le rondaban por la cabeza (más allá de los sorprendentes papagayos que tan incongruentemente aparecen en cada rincón de Roma, como si estuviéramos en la selva) las urracas y los cuervos cantando en griego a Septimus en *La señora Dalloway* y en el soneto XVIII de Burchiello.

68. Mantengo en la edición la disposición de estos versos tal como se hallan en el cuaderno. Me pregunto si Nerina conocía los caligramas de Apollinaire, o si este raro intento de hacer corresponder el tema del poema con su forma en la *mise en page* es sencillamente un rasgo juguetón más. Ha de considerarse además el hecho de que, algunos poemas antes, la autora parece estar citando un famoso título de Nanni Balestrini, *Lo queremos todo*, conjugándolo en singular. La irónica reutilización del famoso lema político en ese contexto podría revelar cierto conocimiento de los experimentos iconotextuales del neovanguardista Grupo 63, a los que tal vez pueda remitirse también este texto.

ÍNDICE

EL CUADERNO DE NERINA